BORIS VIAN

Werke

in Einzelausgaben

Herausgegeben von
Klaus Völker

BORIS VIAN

Aufruhr in den Andennen

Trouble dans les Andains

Deutsch von
Wolfgang Sebastian Baur

Verlag Klaus Wagenbach Berlin

Inhalt

Adelphin in seinen Schuhen

Der Graf Adelphin de Beaumashin stand vor seinem Luxus-Allyberth, der in gebündelter Leuchtstoffröhrenstrahlung funkelte, und legte ein weißes Oberhemd an. An diesem Abend gab es einen großen Festempfang bei der Baronin von Pyssnelck, und Adelphin hatte sich, im Bestreben, vorteilhaft zu erscheinen, von Dunoeud, dem mustergültigen Kammerdiener, seinen Frack Numero eins bereitlegen lassen, den er sonst nur zu außerordentlichen Anlässen trug. Das gute Stück lag nachtblau auf dem Fußende des breiten Divans, der mit einem Berberbärenfell bezogen war, das Adelphin während einer Entdeckungsreise in die Republik Andorra erstanden hatte. Die mattseidenen Rockaufschläge schimmerten in mildem Glanz, und die Tressen der tadellos gebügelten Hose durchteilten der Länge nach die futteraleng geschneiderten Röhren des Beinkleides, das nur darauf wartete, übergestreift zu werden. Dunoeud hatte auch nicht die duftleichte und vollkommen jungfräuliche Kragenschleife vergessen, deren bevorstehende Anbringung die abrundende Perfektion einer Toilette bewirken sollte, die klugerweise vom Gesichtspunkt der Erlesenheit aus gehandhabt wurde, was auch keineswegs im Widerspruch zu jener Beinahe-Schlichtheit stand, wie sie einzig an Individuen von einnehmendem Äußeren oder bei Mißgestaltigen mit entsprechend dicker Brieftasche erträglich ist.
So kam es, daß Adelphin seine gelben Schuhe anzog.

Gelb ist eine Farbe

Plato umreißt in einem berühmt gewordenen, erst um 1792 aufgetauchten Pamphlet mit einigen wohlgedachten Sätzen seine Sicht vom Universum. Dieses stellt sich ihm als eine Art Kinoleinwand dar, auf welcher sich lebende Schattenbilder abzeichnen, die manch einer für die Wirklichkeit hält, wobei sich die Wirklichkeit in Wirklichkeit jedoch dahinter befindet. Von einer analogen Überlegung ausgehend, hatte sich Adelphin gesagt: warum nicht gelbe Schuhe, wenn ich mich ohnehin nur gegen das Licht zeige. Er hatte also beschlossen, sich nur im Gegenlicht zu zeigen, ein relativ einfaches Vorhaben, wenn man in Betracht zieht, daß es in unseren Breiten die Hälfte der Zeit über durch die Abwesenheit des Tages begünstigt wird, die man gemeinhin auch Nacht nennt, ein Phänomen, in dessen Verlauf Hell und Dunkel in regelmäßiger Folge aufeinandertreffen. Zudem war das Schuhwerk, wiewohl gelb, durchaus zum Gesamtaufzug des Grafen passend, welcher sich auf sein rötliches Haupthaar nun eine graue Schirmmütze mit malvenfarbenen Tupfen stülpte und sich in einen weiten und (innen!) mit karmesinrotem Samt ausgeschlagenen Umhang hüllte, der mit einem Besatz aus Hermelin versehen war und dafür gleichsam außen gefüttert mit unscheinbarem schwarzen Tuch, das sich durch nichts von den abertausend schwarzen Tuchen unterschied, die den Grund-Stoff für die abertausend schwarzen Umhänge abgeben, die allabendlich ein paar Zollbreit über den Schulterblättern der abertausend Männer von Welt flattern. Unter seinem Umhang aus schwarzem Tuch (und innen aus karmesinrotem Samt) stak Adelphin in feinster Schale. So bückte er sich denn, indem er einen Rohrstock mit elektrisch vorgerauchtem Bruyèrepfeifenknauf ergriff, mit schnellem Schwung und harkte aus dem geheimsten hintersten unterbettstattlichen Winkel jenen Kragenknopf hervor, der ihm zwei Tage zuvor beim Auskleiden entwischt war.

Psychologie

In vorliegendem Falle hätte es durchaus auch sein können, daß Adelphin ganz einfach auf normalem Wege an diesen seit zwei Tagen verschollenen Kragenknopf gedacht hätte. Nun ist jedoch der Sache leider so nicht beizukommen. Das komplexe innere Phänomen, das zum Tragen gekommen war und die geheime Triebfeder seiner nicht vorsätzlichen Handlung beruhten auf jenem irreführenden Vorgang, den die großen Philosophen Gedankenassoziation getauft haben, und der just im nämlichen Augenblick ablief, da Adelphin - drauf und dran, seinen Kragen zuzuknöpfen - mit bemerkenswerter Geistesgegenwart die Abwesenheit seines Kragenknopfes konstatierte. Recht viel mehr tut nicht not, um den Ursprung seiner Handlung in grelles Licht zu tauchen, deren Sinn - einmal abgesehen von der brillanten Analyse, die den Gegenstand dieses Kapitels bildet und deren Anwendung einzig der Erkenntnis der Philosophen zu verdanken ist - ganz ohne Zweifel im Dunkeln geblieben wäre und all jenen Schwankungen unterworfen, die ihm die Manien eines uneingeweihten Hirns auch immer auferlegen mögen.

Portrait Adelphins

Adelphin, seit dreißig Jahren geboren, war zu Recht stolz auf ein Äußeres, um das ihn so mancher Joinviller Turnlehrer von stinknormalem Aussehen beneidet hätte, allerdings erst nachdem er drei aufeinanderfolgende Autounfälle sowie etliche anständige Explosionsunglücke hinter sich gehabt hätte. Ein feinhaariger graudurchwachsener Schnurrbart sproß in schräger Schlangenkrümmung unter einer Nase, die von reinstem Barockstil und in ihren Maßen außerdem eine wahre Herausforderung für jede Parzenschere war, und überdachte solcherart des Grafen fleischige Unterlippe, die einer wohlriechenden aber hochgiftigen Blume, etwa einem Gewächs aus der Gattung der Ranunkeln ähnelte. Das Hervortreten der Backenknochen ging unterhalb der karminroten Augen mit der Bildung zarthautiger Auffangbecken einher, deren Anblick einem die Vorstellung aufdrängte, als müsse dort unablässig ein kleiner Tränenbach versickern, so sehr schien der Ort geschaffen für die Ergießung schädlicher Körperfremdstoffe. Die weitausladende, von bewegten Querfalten gefurchte Stirn verwehrte brüsk den Zugang zur üppigen fahlroten Haartolle, die Adelphins edlem Kopf etwas Löwenhaftes verlieh. In solch dreißigjähriger Stattlichkeit prangte das Haupt des Grafen. Sein Körper indes stand jenem in nichts nach. Ein äußerst anmutiger Hals, der seinen bläulichen Ursprung zwischen den bergartigen Buckelungen der Schulterblätter fand; ein stark behaarter Brustkorb von zylindrischer Form und umfangen von hervortretenden Rippenbögen, was aussah wie jene Rillen, die die Flut in ihrem langsamen Wellenschlag im Ufersande hinterläßt, wenn sie sich wieder auf ihre vorgegebene Ebbenlinie zurückzieht; ein stämmiges, wohlgesichertes Becken, sowie vier Gliedmaßen von elegantem Feinbau und an Grazie einzig dem Schilfröhricht der grünen Sümpfe vergleichbar, er-

gaben ein harmonisches, wenn nicht gar surrealistisches Ganzes, welchem ihre hüllenlose Huldigung entgegenzubringen sich manche Dame aus der Vorstadt des öfteren gefiel.
Also besah sich der Graf in seinem Luxus-Allyberth.

Ankunft auf dem Fest

Nach Beendigung seiner Toilette öffnete Adelphin langsam seine Zimmertür, warf noch einen letzten Blick in das metallisch glänzende Spiegelkristall und bewegte sich sodann in gleitendem Libellengang auf die Marmortreppe zu, deren mit blau-grauem Wollstoff überkleidete Schnekkenwindung einem die unmittelbare Sicht auf das Schimmern ihres vernickelten Geländers verwehrte.
Beinahe widerstrebend stieg er die wenigen Stufen hinab, die ihn vom gewöhnlichen Allerweltsniveau trennten, und verfügte sich in sein leichtgebautes elektrisches Auto, das von Dunoeud einige Minuten zuvor am Gehsteigrand vor seinem herrschaftlichen Stadthaus abgestellt worden war.
Beaumashin lenkte – aus purer Koketterie – sein Fahrzeug eigenhändig: das macht sich sportlich. Die gelben Schuhe zuckten nervös auf den Pedalen, und mit dem Geräusch eines entschwirrenden Kuckucks setzte sich das Gefährt in Bewegung. Fast hätte man meinen mögen, den Schlag der Kuckucksuhrgewichte gegen die Hausmauern zu hören.
Adelphin fuhr einen sauberen Stil; es war herrlich anzusehen, wie er in den Kurven den Bordstein streifte oder wie er – wäre man versucht gewesen zu sagen – ein paar Millimeter über der Fahrbahn dahinfegte. Er hatte eine schrullige, durchaus ihm eigene Art, mit seinem spachtelförmigen Zeigefinger die Autohupe neckisch zu bearbeiten und dadurch

ihrem metallenen Schalltrichter einen höchst eigenwilligen und persönlichen Klang zu entlocken, der den Grundton zu einer fesselnden Individualität angab.
Auf der Place de la Concorde hielt Adelphin messerscharf vor dem Hôtel Crillon. Ein Mann löste sich aus dem Schatten und trat an den Roadster.
»Bist du's?« sagte Adelphin.
»Ich bin's!« antwortete der andere und stieg ein, indes der Wagen schon anfuhr.
Wenige Minuten später läuteten die beiden Männer bei der Baronin von Pyssnelck.

Portrait Sérafinios

Adelphins Gefährte hieß – wozu noch länger es verheimlichen – Sérafinio Alvaraide. Von hohem Wuchs, mit Schultern, die den gutgeschneiderten Anzug ausbeulten, sah er aus, als sei er aus lauter Fußtritten in den Arsch zusammengeschustert. Eine gequälte Physiognomie, die ein wilder Blick belebte, verlieh ihm ein Merkmal von Originalität, die entsprechend temperamentvolle Damen ermunterte, seine Gesellschaft zu suchen. Eine monströse Sexualität strahlte aus allen Poren dieses Mannes mit dem wundersam feinen Lachen, der durch geschicktes Training seine Widerstandsfähigkeit bis zu jenem Punkte hatte stärken können, daß er eine Percherin von einem Meter 75 bis zum Widerrist bespringen konnte, ohne dadurch im mindesten Schaden zu nehmen. Sein Benehmen, das einem ungezähmten Kentauren angestanden hätte, gestattete ihm, die konzentrischen Blicke einer ganzen Versammlung mit einer Leichtigkeit zu ertragen, die ihresgleichen sucht. Vibrierend ging er durch

sein Leben, wie eine Zweiton-Trillerpfeife, brutal und kosmetisch. Wenn er vorüberging, nahmen Ordnungshüter ihre Helme ab, und die kleinen Kinder hörten zu weinen auf.
Sérafinio und Adelphin hatten sich einige Jahre zuvor an einem schönen Nachmittag am Strand von Jusant-les-Pins kennengelernt. Sérafinio lag – aus Gründen der Sittlichkeit – bäuchlings im blaßgoldenen Sand. Adelphin ging verträumt einher, den Blick verloren im fernen Blau des Himmels, wo die Hoffnung auf Wiederkehr geboren wird und stirbt. Adelphin war über den ausgestreckten Körper Sérafinios gestolpert. Vom Augenblick dieser ersten Fühlungnahme an hatte sich eine lange Freundschaft entsponnen, die auch nie in Abrede gestellt worden war (wodurch auch?), trotz der grundlegenden Verschiedenheiten dieser beiden Vanadiumnaturen.
Fügen wir dem noch hinzu, daß Alvaraide und Beaumashin einander nur selten sahen, und wir haben eine ziemlich exakte Vorstellung von ihrer Freundschaftsbeziehung.

Die Festgesellschaft

Der elektrische Roadster war kaum zum Stehen gekommen, als auch schon ein betreßter Diener in einer nüchternen schwarzen Livree, welche keinerlei Phantasien beflügelte, den beiden Freunden den Wagenschlag öffnete, die daraufhin auf der anderen Seite ausstiegen, da sie es nicht schätzten, wenn man sich in ihre Angelegenheiten mischte. Sie stiegen eine nobel proportionierte Treppe hoch, der große Töpfe mit blühender Beriberi zur Ähnlichkeit mit dem Aufgang zu einem tropischen Palast verhalfen. Adelphin pflückte im Vorbeigehen eine Beriberischote, deren starker

Moschusgeruch ihm sogleich zu Kopfe stieg, und rote Wollustbilder flammten vor seinen so blauen, so ruhigen Augen auf, während er die von aphrodisischen Dünsten überwaberten Stufen hochging. Die Beriberi tut in unseren Breiten wahre Wunder, indem sie unserer Existenz jenen würzigen Geschmack verleiht, den die Forscher ihr in den fernen Regionen abgewinnen, wo die Weisen der indischen Waldlingas erklingen.
Am Ende des Treppenaufganges erschien ein wohlstilisiertes Dienstmädchen, um die beiden Freunde ihrer Oberbekleidung zu entledigen. Blond, von zierlichem Wuchs, mit bemalten Augen und perversen Hüften trug sie de Beaumashins Umhang und Mütze davon, während Sérafinio ihr seinen Regenmantel überlassen hatte. Sie entschwand in einen violettrosa erleuchteten Flur, und die beiden Männer hielten Einzug in das Vorzimmer der Baronin von Pyssnelck.
Es war fürwahr eine große Festgesellschaft. Mehr als elf Personen drängelten sich um den üppigen Körper der von Pyssnelck, die mit einem enganliegenden Schlauchkleid aus echtem Latex korsettiert sowie äußerst schamlos dekolletiert war und zaum- und zügellos vor Lachen prustete. Kastanienbraunes Haar, eine Lorgnette in der Hand, musterte sie mit hochmütiger Insolenz die Neuankömmlinge. Arroganz war es aber nicht, sondern bloß Kurzsichtigkeit. Sie lächelte Adelphin, den sie wiedererkannt hatte, huldvoll zu, nahm Sérafinio hingegen nicht zur Kenntnis. Und das war der Ausgangspunkt zu jenem seltsamen Abenteuer, das diesen Männern ohne Tadel, deren Geschichte zu erzählen wir uns vorgenommen haben, noch bevorstand …
Sérafinio wurde ob dieser Schmach leichenblaß. Mit einer kleinen Handbewegung jedoch gab ihm Adelphin seine natürliche Farbe wieder. Das Orchester begann mit einem Vorspiel. Ein schmachtender Foxtrott, auf dem chromatischen Akkordeon gespielt, haspelte seine Melodie herunter. Im Vorbeigehen eine verminderte Septime heraushörend, um-

klammerte Sérafinio eine vollschlanke Rothaarige und zog sie, ohne auf Gegenwehr zu stoßen, mit sich in jenen Kreiselkrampf, der seine Art zu tanzen war. Adelphin packte die Baronin, und beide Paare fingen an, mit wollüstig zuckenden Hüftverrenkungen den anstößigen Rhythmus zu skandieren, der glasklare Tropfen in den Achselhöhlen der Damen perlen ließ.

Quo non ascendam ...?

Adelphin nutzte eine Pause zwischen den harmonischen Tobsuchtsanfällen des Orchesters, welches aus zwei Musikern bestand, von denen einer laut die Partitur vorlas, die sein blinder Kamerad zum Vortrag brachte, und zog seinen Freund zum Buffet.

»Nun?« sagte er zu ihm.

»Du kannst gar nicht begreifen ...«, antwortete Sérafinio.

»Ach!?« stimmte Adelphin bei, ohne zu begreifen.

»Dieses Frauenzimmer ... die Baronin ...«

»Na und?«

»Ah!« brüllte Sérafinio, »es gibt Augenblicke, da möchte man am liebsten sagen ...!«

»Beruhige dich, mein Freund«, sagte Adelphin. »Komm lieber mit in eine stille Ecke, wo wir ungestört miteinander plaudern können.«

»Gute Idee!« brummte der andere dumpf.

Diskret nahm Adelphin fünf Flaschen Champagner und mehrere Teller mit Backwerk an sich und zog seinen Helfershelfer in die höheren Regionen hinauf.

Sie erklommen etwa hundert Stufen und hielten im ersten Stock auf einem Treppenabsatz inne, der im milden Lichte

einer Kristallschale lag, die bis ins kleinste Detail Penthesileens linker Brust nachgebildet war, jener, die sie sich bekanntlich hatte abnehmen lassen, um besser mit Pfeil und Bogen schießen zu können.
Nach einem kurzen Blick auf dieses Kunstwerk packte Sérafinio Adelphin beim Arm, worauf dieser siebzehn Makronen und vier Rumtörtchen fallen ließ, und führte ihn zu einer harmlos aussehenden Tür, unter der ein Lichtstrahl nicht durchsickerte, solcherart mit an Sicherheit grenzender Wahrscheinlichkeit anzeigend, daß das betreffende Zimmer leer war.
Adelphin betätigte mit seinem freien linken Zeigefinger den Schnappriegel, und die Tür öffnete sich geräuschlos. Er peilte einen vom Treppenhauslicht erhellten Bridgetisch an und stellte seine Beute darauf ab, sammelte die wenige Augenblicke zuvor fallengelassenen Kuchenstücke wieder auf und schmiß sie das Treppenhaus hinunter auf den polierten Schädel eines alten ehemaligen Gardepioniers, welcher sich daraufhin seinen Hinterkopf säuberlichst mit einem Bogen Löschpapier abwischte.
Dann ging er wieder zu Sérafinio in das Zimmer zurück, das zu annektieren sie beschlossen hatten, und verschloß hinter ihnen beiden die Tür mit einer doppelten Schlüsselumdrehung.
Der Gardepionier hatte schon ein zweites Löschblatt zur Hand genommen.

»Diese Frau«, sagte Sérafinio, der gewohnheitsmäßig immer pfeilgerade auf sein Ziel losging, »hat mir das Herz gebrochen. Sie ist keine Frau, sondern ein Dudelsack, den irgendein verliebter Sukkubus von einem anderen Stern auf unserer Erde vergessen hat. Sie hat mich blamiert. Ich werde mich rächen ...!«

»Aber ...«, sagte Adelphin, »kannst du mir vielleicht erklären ...?«

»Ha!« schrie da Sérafinio. »Das ist ganz und gar unmöglich!... Sind wir doch nicht vom selben Geblüt, Ihr und ich!... Aber was ist jetzt los?«

Die Lichter gingen eins nach dem anderen aus. Der hintere Teil des Raumes lag schon im Dunkeln.

»Nichts ...«, sagte Adelphin, »sprich weiter.«

»Ich habe nichts davon gespürt, daß ihr Fleisch vor Sinneslust gebebt hätte, als ich vorüberging. Kannst du so etwas überhaupt fassen?«

»Es ist schon schlimm«, pflichtete Adelphin bei, indem er sich mit dem Handrücken die Spuren von Schlagsahne abwischte, die seinen Schnurrbart bekleckerten, und dabei einen volltönenden Rülpser fahren ließ.

Nur zwei kleine elektrische Birnen brannten noch ... das Dunkel verdichtete sich.

»Ich bin zutiefst verletzt ...«, sagte Sérafinio schließlich in endgültigem Ton.

»Das bist du wirklich!...«, stimmte der Graf bei, worauf auch die beiden letzten Lichter erloschen.

Leichte Besorgnis beschlich das Gemüt des Grafen, als er an die offensichtlichen Nachteile der Situation dachte. Sérafinio trällerte eine alte spanische Melodie, die er noch von seiner Mutter her kannte und deren Bedeutung er schon seit langem vergessen hatte. Sie kam ihm immer in Augenblicken lebhafter Gemütsbewegung in den Sinn. Adelphin war diese Eigenheit nicht unbekannt. So strich er mit seiner Hand mehrfach über den Rücken seines Helfershelfers, um ihm Vertrauen einzuflößen. Sérafinio schwieg. Indes seine haarigen Beine unter ihm zitterten. Er hatte noch nie den Anblick des Nichts ertragen können.

Adelphin kramte in seiner Westentasche und förderte darauf das goldene Dunhill-Feuerzeug mit Echtheitssiegel zutage, das ihm die Fürstin Adémahye de Cornembouc an dem Tag geschenkt hatte, da er beim Grand Prix der Sportsfreunde von Saint-Germain als Erster durchs Ziel gekommen war. Er fluchte innerlich beim Gedanken daran, daß das Feuerzeug wieder nicht brennen würde; er schnippte am Rädchen, und das Feuerzeug brannte nicht. Da fiel ihm ein, daß vielleicht kein Benzin drin sei.

»Sérafinio!« sagte er halblaut.

»Ja, Adelphin?«

»Hast du Benzin?«

»Ja, Adelphin!«

»Gib mir ein bißchen.«

»Ja, Adelphin.«

Und Sérafinio hielt Adelphin den halbvollen Benzinkanister hinüber, über den er gerade gestolpert war.

Wenige Augenblicke später umrahmte ein vager Schimmer wie ein Heiligenschein den grotesken Schlagschatten der beiden Männer, der an den Wänden zitterte.

»Jetzt geht's wieder«, atmete der Graf auf. »Wo sind wir?«

»Da muß man schon ein verdammt kluges Köpfchen sein, um das herauszufinden«, knurrte Sérafinio, »ich würde sagen, wir sitzen in der Patsche. Aber das ist ein Standpunkt, den ich dir nicht aufzwingen will.«
Plötzlich fuhr Adelphin mit der Hand in die rechte Tasche seiner schwarzen Hose. Er erbleichte, biß die Zähne aufeinander, und sein Gesicht nahm eine Färbung an, die zwischen der von Fensterkitt und der eines schönen blauen Mittelmeerhimmels lag.
»Sérafinio!« brüllte er leise. »Man hat mir mein SPALTEUMEL gestohlen! ...«
»Jetzt ist mir alles sonnenklar!« stöhnte Sérafinio auf... und das Licht war auch schon mit einem Schlag wieder angegangen.

Mutmaßungen

Das Problem ist recht simpel«, sagte Adelphin, »es war dunkel, und jetzt ist es hell; vorher hatte ich mein Eumel, und jetzt hab ich es nicht mehr. Nun gilt es den Zusammenhang zwischen diesen beiden Phänomenen herauszufinden, die ja eigentlich durchaus gemeinsam auftreten können, ohne deshalb gleich in einem ursächlichen Zusammenhang stehen zu müssen (was uns vor ein weiteres Problem stellen würde). Zusammenfassend also muß ich mich fragen: wer hat mir mein Eumel gestohlen?«
»Ich war's nicht«, sagte Sérafinio unruhig, da das Gesicht des Grafen in diesem Augenblick gar schrecklich anzusehen war, und undeutliches Grummeln sich aus seiner Luftröhre vernehmen ließ.
»Rindvieh!« sagte Adelphin, der sich schlagartig wieder beruhigt hatte. »Du bist mir vielleicht ein Witzbold!«

Und er brach in das Lachen eines gefällten Riesen aus. Doch seine Heiterkeitskrise war nur von kurzer Dauer; er packte Sérafinio am Arm und zog ihn in den hintersten Teil des Raumes.
Eine niedrige Tür tat sich in der Wand rechts von einem monumentalen Kamin auf, den ein Renaissance-Frontgiebel von reinstem gotischen Stil zierte. Adelphin kümmerte sich nicht darum; er trat ein paar Schritte unter die geräumige Rauchabzugshaube. Die mit Lilienornament verzierte Gußplatte, die dazu dient, die Hitze der ohnehin so selten im rußschwarzen Becken entfachten Kohlenglut zu speichern, kam ihm etwas sonderbar aufgehängt vor.
Er nahm einen Anlauf und feuerte einen fürchterlichen Fußtritt auf diese Platte ab. Sie zersprang in Stücke und gab eine Öffnung frei, gerade groß genug, um ein Pferd ohne Reiter durchzulassen.
Adelphin hielt inne, wie von einer plötzlichen Eingebung befallen.
»Paß auf!« sagte er zu Sérafinio, »da kommt jemand.«
»Ich habe es schon gerochen«, sagte Sérafinio und sog die Luft in kleinen geilen Schnaufern ein.
Lautlos ging er zur Tür und als er ganz dicht dran war, riß er sie unvermittelt auf.
Die kleine Blonde mit den beweglichen Hüften stand auf der Schwelle, das Ohr gegen die Türfüllung gepreßt. Bei Sérafinios Öffnungsruck fiel sie ins Zimmer. Im Augenblick darauf war die Tür auch schon wieder verschlossen, diesmal mit Schlüssel, und Sérafinio beging auf dem Körper der jungen Frau die bedauerlichsten Exzesse. Nach fünf Minuten fiel sie in Ohnmacht. Sérafinio brachte seine Kleidung wieder in Ordnung und gesellte sich hierauf zu Adelphin.
»Jetzt ist mir wohler«, sagte er zu ihm.
Sie waren nun schon ein gutes Stück in dem vom Grafen entdeckten engen Stollen vorangekommen.

Die Fauna der finsteren Schlünde

In seinen so oft verunglimpften und dabei kaum jemals richtig verstandenen Werken schildert uns Fabre den Kakerlak wie folgt: »Es ist ein ekles Viehzeug, das im Frühjahr seine Eier legt und sich in den Abwässerkanälen fortpflanzt«. Damit hat er so unrecht nicht. Als Beweis dafür mag gelten, daß die langen dunklen Stollen voll von Kakerlaken sind. Übrigens war der Stollen, durch welchen in diesem Augenblick Adelphin und sein Helfershelfer krochen, sehr gut beleuchtet, was die beiden Männer daran hinderte, sich von der bemerkenswerten Genauigkeit der Fabreschen Beobachtung zu überzeugen. Man soll sich aber dadurch nicht kopfscheu machen lassen: Fabre nämlich irrt niemals. Alle Biologen sind sich in der Anerkennung der Zuverlässigkeit seiner Beobachtungen einig, mit Ausnahme derer, die nicht mit ihm einverstanden sind, und das sind ganze Heerscharen.

Der Stollen führte zu einem tiefen Brunnenschacht, aus dem vermischt mit feuchtlauem Dunst ein brechreizerregend übler Gestank aufstieg. Klebrige und verrostete, in die Wand eingelassene Gitterstäbe aus Eisen ließen einen Durchschlupf offen für jenen Wagemutigen, der, mit Minzlikör von Ricqlès versehen, das geologische Kartenwerk von Schrader und Vivien de Saint-Martin auf seine Übereinstimmung mit der tatsächlichen Beschaffenheit des durch diesen Brunnenschacht durchbohrten Erdreichs überprüfen wollte.

Die beiden Männer arbeiteten sich wacker nach oben, da sie es langsam mit der Angst zu tun kriegten. Sowie sie die gußeiserne Platte hoben, die die Öffnung des Brunnenschachts bedeckte – dieses Kanalschachts vielmehr, denn nichts anderes als ein solcher war es – wurden sie sich eines verschwommen lärmenden Durcheinanders rings um sie her bewußt. In der Tat fuhr ein Autobus eben über ihre Köpfe hinweg.

Adelphin klammerte sich an der hinteren Plattform fest und entschwand den Blicken Sérafinios, der auf den nächsten Autobus wartete. Zur selben Minute, als seine X-Beine sich in die beiden Haltestangen an der Plattform einhakten, erscholl eine dumpfe Detonation, und ein unwiderstehlicher Luftstrom jagte eine Abwasserfontäne gen Himmel, zweifellos durch den Rückstoß einer Gasexplosion verursacht. Das Stadthaus der von Pyssnelck war soeben in die Luft geflogen. Da war der Autobus aber schon vorbei.

Geheimtreffen der Weisen

Als der Autobus am Hause Adelphins vorbeikam, hielt sich Sérafinio an einem Pflasterstein, der etwas vorstand, fest und ließ sein Reittier fahren. Er bückte sich etwas, um den Zusammenprall mit einem Gemüsetransporter zu vermeiden, der dem Autobus in wenigen Dezimetern Abstand hinterdreinfuhr, erhob sich sodann und läutete mit der natürlichsten Miene der Welt am Gittertor des gräflichen Domizils. Dunoeud höchstpersönlich kam öffnen und führte ihn in die Bibliothek, wo sein Meister, in einem Morgenrock von delikatem Lachsrot mit flaschengrünen Zierborten, eine Pfeife Navy-Cut rauchte, der mit Rapsöl sauciert war.
Eine kleine Karaffe, zu drei Vierteln voll mit Whisky, zwei Gläser und ein Eiskübel zogen Sérafinios Blicke auf sich.
»Kannst du mir ein Glas Wasser bringen lassen?« fragte er, indem er sich diskret die Nase am Rockärmel abwischte.
»Setz dich«, sagte der Graf, »und fühl dich ganz wie zuhause!«
Sérafinio setzte sich, masturbierte kurz und erhob sich hierauf wieder, um mit einem Zug das Glas Eiswasser auszutrinken, das Dunoeud ihm reichte.

»Schieß los!« sagte er schließlich, zu Adelphin gewandt.
Adelphin sagte kein Wort. Er wühlte in seiner rechten Anzugtasche und hielt Sérafinio einen kleinen Gegenstand hin.
»Allmächtiger!« japste Sérafinio, »hast du es also endlich gefunden? Was ist es denn?«
»Du dummes Arschloch«, sagte Adelphin, »es ist das ...«
Ein Schuß peitschte auf, und die dazugehörige Kugel schnitt ihm das Wort an den Lippen ab.
»Schnell!« schrie er, »das Fenster ...«
Eine undurchdringliche Finsternis senkte sich lastend über alles. Über den Fensterrand hinausgelehnt sahen sie undeutlich, wie ein Schatten sich davonmachte, die Mauer überkletterte und sich auf der Straße verlor ...
»Es ist das Eumel ...«, sprach Adelphin zu Ende und setzte sich wieder, während Tageshelle neuerlich den Raum erleuchtete.
»Wo war es?«
»In der Tasche von meinem Werktagsanzug.«
»Was ich einfach nicht verstehe ...«, sagte Sérafinio, »ist, wie der Dieb Zeit gehabt hat, es dir unten zu klauen und doch noch vor uns hier oben zu sein, um es wieder in die Tasche deines Werktagsanzugs zu stecken ...«
»Ich auch nicht«, sagte Adelphin.
»Dann hast du es vielleicht gar schon hier in deiner Tasche vergessen gehabt?«
»Ist das denn so wichtig?« seufzte Adelphin. »Immerhin bleibt die Tatsache bestehen: man hat mir mein Eumel gestohlen.«
»Aber du hast es doch ...!«
»Ich habe gesagt: man *hat* mir *gestohlen.* Das ist ein Konjunktiv«, grinste Adelphin hämisch.
»Dann bitte ich vielmals um Entschuldigung«, sagte Sérafinio errötend.
»Gib mir mein Eumel wieder«, sagte Adelphin.

»Hier!« sagte Sérafinio, reichte es ihm hinüber ... und siehe da! – seine Hand war leer ...
»Da kannst du sehen, daß man es gestohlen hat, du Schwachkopf!« sagte der Graf kalt und entleerte einen Revolver auf Sérafinio. Da er ein schlechter Schütze war, merkte der andere nichts davon, und der Graf beruhigte sich wieder.
»Man hat es mir gestohlen ...«, seufzte Sérafinio und fiel in Ohnmacht.
»Du wirst mir zu nervös«, murrte der Graf, indem er das Eumel vom Fauteuil seines Freundes aufhob, wo es hingeglitten war, während der Unbekannte schoß.

Verstärkung

Im übrigen«, schloß Adelphin wenige Minuten später, während Sérafinio diesmal ein volles Glas Whisky austrank, um sich wiederherzustellen, »ist das Eumel eine Fälschung. Aber wie du siehst, hat das keinerlei Bedeutung ...«
Er klingelte, da er sah, daß der andere nicht zuhörte.
»Dunoeud! Begleiten Sie meinen Freund hier für einige Minuten ins Nebenzimmer.«
Als Sérafinio wieder zurückkam, sah er sehr bedrückt aus.
»Was für ein Grobian, dein Dunoeud«, sagte er verstimmt. »Aber einen Slip zu sechsundsiebzig Francs!«
Er konnte es nicht verwinden, die Wildheit seiner Natur dem kalten Positivismus eines gewöhnlichen Butlers weichen gesehen zu haben.
»Das ist noch nicht alles«, sagte jählings Adelphin. »Wir müssen uns diese Bande vom Hals schaffen!«
Er nahm den lilienverzierten Hörer von der Gabel, der am Ende seiner rotseiden umflochtenen Schnur hing, und

wählte auf der Wählscheibe eine Nummer, die aus nicht weniger als elf Ziffern bestand.
»Hallo!« sagte er, »ist dort die Polizei? Geben Sie mir den Major.«
Und während sich in Sérafinio Alvaraides Gesichtszügen alle Anzeichen einer plusquamperfekten Seligkeit spiegelten, begann der Graf eine zungenfertige Konversation mit seinem unsichtbaren Gesprächspartner.

Der Major

Am 7. Januar 1464 wurde das kleine Dorf Saint-Martin-de-Saignant von einem Haufen aufständischer Söldner angegriffen. Der Trupp, der sich aus einem bankrotten Baron, einem ehemaligen Ritter des Hosenbandordens, sieben Schweizerteutschen Reuttern und elf gottverdammten Engelländern mit dem traditionellen Barbierbecken als Kopfbedeckung zusammensetzte, überschritt den Brückenbogen, der den schmucken kleinen Bach überspannte, welcher talaufwärts weiß und talabwärts rot floß und dadurch dem Ort seinen Namen gegeben hat – saignant, blutig.
Da brach unversehens eine Art Freibeuter, in Lederkleidung und alles in allem bewaffnet mit einem frisch abgehackten Ochsenschwanz, aus dem Gebüsch hervor und fing an, euch die Soldaten so wacker zusammenzuschlagen, daß ein allgemeines Rennen, Retten und Flüchten anhub.
Er lief ihnen nach und warf die in Unordnung Zurückweichenden einen nach dem anderen in den Bach – außer den Leichen – bis sie sämtlich darin umgekommen waren.
»Il a j'té l'ost à l'eau! Er hat den Feind ins Wasser geschmissen!« riefen die Bauern, die sich eilig zusamengerottet hatten, um die Leichen zu fleddern, als alles vorbei war.

Der Name blieb ihm. Deformiert durch die singende Aussprache dieser Kinder der Region Landes wurde es zu Loustaleau, sodann zu Loustalot. Ein ferner Vorfahr des Majors nahm den Namen mit nach Amerika, dort wurde er zu Loostal O'Connor – was natürlich noch besser klang. Der Großvater des Majors war denn auch der Urenkel von Loostal O'Connor.

Und ein für allemal vereinfacht, schrieb er sich Loostalo.

Kurz, der Major hieß Jacques. Jacques Loostalo, versteht sich. Zwar benutzte er Visitenkarten, die auf den Namen Jean Dupont lauteten, doch die hatte er gestohlen; vielmehr beschlagnahmt, da er ja der Polizei angehörte: abgestellt für besondere Aufgaben, wie nicht anders zu erwarten; eine Art Privatdetektiv, aber ausgestattet mit den Amtsbefugnissen eines multiplikationärrischen Kommissars der Kripo.

Was seine physische Erscheinung betraf, so war er ein ziemlicher Kretin, mit niedriger Stirn, behaarter Haut, einem scheelen Auge und einem aus Glas, einer verkniffenen Visage mit einem diabolischen Grinsen, das seine schmalen Lippen verzerrte. Er trug lange Sakkos, besaß noch alle seine ersten Zähne und frönte in ungezügelter Leidenschaft dem gewöhnlichen roten Landwein.

Was seine geistige Verfassung anging, möchten wir das Wagnis eingehen zu behaupten, daß die Lava des Zentralfeuers kalt schiene, verglichen mit der brodelnden Glut seiner genialischen Gedankenwindungen. Doch sagte er nur selten, was er dachte.

Um es kurz zu machen, er war Jungfrau und praktizierte Jiu-Jitsu – oder Judo, wie man heutzutage wohl dazu sagt.

Resümee

Schlapp hineingegossen in einen tiefen Clubsessel aus Leder, ein großes Glas Whisky in der Hand, paffte der Major eine Gold Flake, während er mit gespitzten Ohren der Erzählung des Grafen Adelphin lauschte. Sein geübter Blick musterte aufmerksam das leidenschaftslose und wie in Stein gemeißelte Gesicht Adelphins, wobei er versuchte, in den Mäandern seiner Physiognomie die wahren Gedanken zu entziffern, die dumpf hinter der Stirn des Edelmannes brüteten.

Hingefläzt auf einen Divan verhielt Sérafinio sich ruhig und wies die Annäherungsversuche einer schöngewachsenen Windhündin zurück, die durch den supermännlichen Geruch, der aus allen Poren dieses Männerkörpers dünstete, in äußerste Erregung versetzt wurde.

Der Butler Dunoeud erschien von Zeit zu Zeit, ein lautloser, auf Kreppapier aufgezogener Schatten: er füllte die Gläser nach und verschwand sogleich wieder.

Als der Graf mit seiner Erzählung geendigt hatte, hustete der Major aus tiefster Brust ein Wort aus, ein einziges, einen Kommentar, ein Resümee, das Schlüsselwort eben; er sagte:

»Gut.«

Und hielt inne.

Setzte dann wieder an:

»Übrigens ist es durchaus möglich, daß ich mich irre.«

Hierauf erhob er sich und verließ den Raum.

Er durchquerte die Vorhalle.

»Wo bitte geht's hier zur Toilette?« fragte er Dunoeud, der gerade vorbeikam.

Plan

Wieder im Zimmer, zündete sich der Major eine zweite Zigarette an.

Er trug an diesem Tag ein in den Schultern sehr weit geschnittenes, ziemlich langes Jackett mit rosa und gelbem Karomuster. Ein hübsches Stück übrigens. Die Hand des schicken Modeschneiders hatte ihre Spur auf dem Stoff hinterlassen, was einen recht originellen Effekt abgab. Man hätte glauben mögen, er sei schmutzig.

»Sie, Alvaraide«, sagte plötzlich der Major, »gehen hinter diesen Vorhang. Sie, Graf, unter diese Anrichte. Sie, Dunoeud, gehen raus. Und ich«, schloß er, »bin dort ganz gut aufgehoben!«

Und er schlüpfte durch den Türspalt eines geräumigen Schranks, der als Aufbewahrungsort für die Ausziehplatten des Tisches diente, wenn genügend Platz vorhanden war, sie abzustellen. Die Atmosphäre war zum Zerreißen gespannt.

Die Tür aus Glas und Eisen in der Vorhalle knarrte dumpf, und die drei Männer in ihren Verstecken wurden steif vor Angst, was zur Folge hatte, daß der Vorhang zitterte und die Anrichte knackte. Was den Schrank betraf, so war dieser massiv und bewegte sich nicht mehr als ein Baumstumpf. Dabei handelte es sich um einen Baumstumpf, der ordentlich weit entfernt war von jenen südamerikanischen Gegenden, wo es häufig zu Bewegung unter Baumstümpfen kommt, was eine Folgeerscheinung von Erdstößen ist, die manche ›seismisch‹ nennen, weil man sie mittels Seismographen aufzeichnet.

Kurz gesagt, der Schrank bewegte sich nicht.

Dunoeud schob die Tür auf und führte die FREMDE herein. Die FREMDE hieß Amélie Kerb-Holz. Da ihr Vater Tischler war, antwortete sie gewitzt auf die Frage:

»Was macht Ihr Herr Vater, Fräulein Kerb-Holz?«

»Mein Vater sägt.«

Und alle konnten sich nicht lassen ob einer so charmanten und schlagfertigen Antwort.
So kam es, daß der Major beim Verlassen des Versteckes feststellte, daß er sich in Gesellschaft einer Unbekannten befand.
»Wer sind Sie?« murmelte er. »Was haben Sie mit Amélie gemacht?...«

Fallen?

Amélie?« fragte die FREMDE. »Kenne ich nicht.«
Dabei klopfte sich der Major leicht auf die Vorderseite der Handfläche und setzte wieder an:
»Fahren Sie fort, mein Fräulein, ich bin ganz Ohr.«
»Ich heiße«, sprach das junge Mädchen, »Arielle Cornovant. Ich bin Boulevard Sébastopol am 16. Mai 1926 um elf Uhr vormittags geboren. Ich habe schon beim Finanzier Pompasoult, beim Baron Sauglöckl und beim päpstlichen Nuntius gedient. Ich besitze hervorragende Empfehlungsschreiben. Glauben Sie, daß ich eine Chance habe?«
Der Major läutete.
»Dunoeud«, sagte er, »kümmern Sie sich um das Fräulein, es geht um die Dienstmädchenstelle.«
»Gottseidank ist mir diese Ausrede eingefallen, um sie loszuwerden«, sagte er sich noch, nachdem sie den Raum verlassen hatte. »Sérafinio und Adelphin, kommt aus Euren Verstecken«, fuhr der Major fort.
Der Graf kroch mühsam ins Zimmer und rieb sich kräftig das Kreuz, um seine gewohnte Gelenkigkeit wiederzuerlangen. Sérafinio war verschwunden.
»Verfickt und zugenäht!« rief der Graf.

»Letzteres wohl kaum!« kommentierte der Major ironisch.
»In der Tat ...«, knurrte Adelphin.
Und er pfiff auf seinen Fingern; wischte sich daraufhin die Finger auf der Rückseite eines Fauteuils ab, weil sein Speichel malvenfarben war. Die Windhündin erschien, und Sérafino folgte ihr auf dem Fuß.
»Du hast mich gerettet!« sagte Alvaraide. »Also diese Hundsviecher können den Kanal auch nicht voll genug kriegen!«
»Schluß jetzt!« donnerte der Major, »wir sind schließlich hier um zu arbeiten. Zeigt mir das Eumel!«
Als er das kostbare Ding in seinen Händen hielt, erhellten sich seine Züge mit einem Schlage.
»Da haben wir's!« sagte er, »es ist eine Fälschung. Und man braucht auch nicht besonders gehässig zu sein, um zu erraten, wer ...«
Er hob den Telefonhörer ab.
»Hallo? Antioche Tambrétambre? Guten Tag, verehrter Freund. Schnapp dir deinen Cadillac und unsere beiden MPs und komm zu mir her. – Wohin? na hierher natürlich, stell dich nicht so saudumm an.«
Er legte wieder auf.
»In ein paar Stunden«, schloß er, »werden wir Gewißheit haben. Sie Graf, und Sie, Seraph, werft euch in eure Reiseanzüge!«

Antioche

Mit dreizehn Jahren ging Antioche Tambrétambre aufs Gymnasium. Seine – grifflose – Schulmappe trug er unter dem linken Arm. Unter dem linken Arm und nicht etwa in der linken Hand, denn letztere muß freibleiben, um den rechten Handschuh entgegenzunehmen, den man auszieht, wenn es gilt, die Hand von irgendjemand aus der Bekanntschaft zu schütteln. Desgleichen, um die Kopfbedeckung zu halten, die man gerade abgenommen hat, wenn es sich um eine Dame oder einen Greis handelt.
In der kleinen Außentasche, die links oben am Jackett sitzt, brachte Antioche immer seine Bahnkarte unter: von dort nämlich holt man sie jederzeit bequem mit der rechten Hand heraus, die – sogar in behandschuhtem Zustand noch – geschickt genug ist, in den klaffenden Schlitz des rechtsgeknöpften (Antioche war männlichen Geschlechts) Überziehers zu greifen.
In der größeren, ebenfalls linken Innentasche des besagten Jacketts konnte er gleichwohl mit Leichtigkeit seinen Füllfederhalter finden, jenen Gegenstand, der am häufigsten zur Hand genommen und wieder beiseitegelegt werden muß von Pennälern, wie Außenstehende gern sagen; aus der dito rechten Innentasche des oben erwähnten Jacketts, folglich auch weniger leicht zugänglich, – (denn um dorthinein zu langen mußte man

1) die Schulmappe unter den anderen Arm klemmen,
2) die linke Hand des Handschuhs entledigen, welcher weniger häufig an- und ausgezogen wird und daher den Fingergliedern besonders hartnäckig anhaftet) –

aus der rechten Innentasche also war es ihm ein leichtes, seine Brieftasche herauszufischen.
Außerdem hat ein Schüler nur selten Gelegenheit, sich dieses Gegenstandes zu bedienen, und wenn er es tut, so höchstens,

um seinen Schulkameraden das Foto seiner Schnepfe zu zeigen: bei dieser Gelegenheit befindet er sich gewöhnlich auf dem Schulhof oder im Klassenzimmer und hat weder Handschuhe noch Mantel an, was der Logik der Auswahl des Aufbewahrungsortes nach einen erhöhten Sicherheitsfaktor bedeutet, da die Bedeckung durch Jackett und Mantel einen jederzeit möglichen Diebeszugriff abhält.

Antioche, der, dies sei am Rande vermerkt, keine Weste trug, brachte aufs Geratewohl allerlei Kleinkram zu weniger häufigem Gebrauch in den anderen Jackett-Taschen unter.

Die rechte Hosentasche behielt er dem Taschentuch vor, das schnell zur Hand genommen werden muß und auch gewandt gehandhabt werden will, und wovon eine Doublette sich in der linken Außentasche des Mantels befand; selbige ist zur Not auch mit der rechten Hand zu erreichen; die rechte Hand, häufig unbehandschuht aus den oben geschilderten Gründen der Begegnung (vergessen wir nicht, daß Antioche die Bahn benutzte), muß nicht weniger oft vorübergehend in der rechten Manteltasche wohnen, der für diesen Zweck angenehmsten: die Koexistenz eines Taschentuchs und einer Hand hätte in der Tasche durch die ungebührliche Unterbringung zweier empfindlich kugelförmig gebauschter Körpervolumina eine mißliche und entstellende Schwellung nach sich gezogen; kurz gesagt: Antioche handelte mit Vorbedacht.

Als er erwachsen wurde, änderte er geringfügig seine Gewohnheiten:

1) Das Taschentuch der Hose übersiedelte von der rechten auf die linke Seite und überließ das Feld einem Schlüsselbund, der noch viel schwieriger handzuhaben ist als ein Taschentuch, und dessen Zusammenwohnen mit jenem letzteren bei jedem Türöffnen aus Gründen des Verhedderns an den gezackten Schlüsselbärten die Zerreißung des Taschentuchs unweigerlich zur Folge gehabt hätte.

2) Die Brieftasche im Jackett teilte sich sozusagen in zwei Hälften; die eine beinhaltete das Hartgeld und nahm jetzt bei

der Hose die Gesäßtasche ein, die es zur Zeit, als Antioche noch aufs Gymnasium ging, noch gar nicht gegeben hatte. Die zweite Hälfte verblieb auf dem rechten Lungenflügel und bestand hauptsächlich aus einem Ringbuch, das mit verschiedenem periodisch erneuertem Zettelkram vollgeheftet war.

3) Die Bahnkarte, unnütz geworden, da Antioche nun nicht mehr am Stadtrand wohnte, wurde je nach Erfordernis ersetzt durch:

- einen Kamm im Lederetui, der die unangenehme Eigenschaft hatte, bei jeder heftigeren Vorwärtsbeugung von Antioches Oberkörper aus der Brusttasche zu fallen;
- eine Art Notizbüchlein oder Taschenkalender, mit Januar beginnend. Er verschwand irgendwann Anfang März, da er sich als unnütz erwiesen hatte;
- einem Ziertüchlein von mehr oder weniger lieblicher Farbtönung; oder alle diese Gegenstände, gewöhnlich noch ergänzt durch irgendwelche von diversen Stellen der Kleidung vorsorglich abgenommenen Knöpfe, die von selbst abzufallen drohten, und dort vorübergehend untergebracht wurden.

Wenn er den Zug nahm, verstaute Antioche seine Fahrkarten nunmehr in der rechten Tasche seines fettig-abgewetzten Regenmantels, mit dem er sich freiwillig zierte und wo seine geschickte Hand sie beim Aussteigen von besagter Bahn finden konnte.

Zur selben Zeit tauschte Antioche seine Schulmappe unter dem Arm gegen eine vorzugsweise blonde und nicht zu schlanke Frau ein.

Dieses Kapitel, so lehrreich in bezug auf die natürliche Fruchtbarkeit von Antioches Gehirn und die Klarheit seiner Gedankengänge, zieht seine Tiefsinnigkeit aus dem unleugbaren Tatbestand, daß Antioche Rechtshänder war und folglich im Gebrauch der Rechten bei weitem geschickter als im Gebrauch der Linken.

Antioche unterwegs

Antioche und der Major bewohnten ein kleines herrschaftliches Palais, im Stadtteil Auteuil gelegen, wo man noch Bäume antrifft. Erbaut aus sorgfältig gemeißelten Quadersteinen, deren Fugen gewissenhaft mit eingedicktem Kaugummi verstrichen waren, mit einem Dach aus gelborange lackierten Schiefertafeln, war das Gebäude von besonders schmuckem Aussehen. Durch ein monumentales Portal von zwei Metern Höhe führte der Weg in die Vorhalle des Hauses. Allem Anschein nach nichts Absonderliches in diesem Raum (jedenfalls nicht mehr als in den übrigen Räumen). In Wirklichkeit war dies das Speisezimmer. Wie überhaupt der ganze Bau von oben bis unten purer Kulissenzauber war.
Der Cadillac fand seinen Platz in einer unterirdischen Garage. Diese war mit einer Falltüre verschlossen, die unter einem Beet verborgen lag, wo sich Herbstzeitlose und Nockenwellen gute Nacht sagten. Die Falltüre öffnete sich nicht klappenartig, damit die Nocken nicht herunterfielen, sondern ging waagrecht in die Höhe und gab so die Schräge frei, über die das große Automobil seinen unterirdischen Schlupfwinkel erreichen konnte.
Die Garage war mit einem tief in den Untergrund der Hauptstadt gegrabenen Netz von Tunnels mit mehreren Örtlichkeiten der Seine-et-Oise verbunden, wo Antioche und der Major Absteigequartiere besaßen.
Sie beschäftigten keinerlei Hauspersonal, da ihnen an Störenfrieden nicht gelegen war. Bei ihnen zu Hause wurde alles von der Elektrizität besorgt.
Der Motor des weißen Cadillacs schnurrte leise. Antioche blinkte dreimal mit den Scheinwerfern; die Fotozellen, die den Öffnungsmechanismus der Falltüre steuerten, leuchteten sogleich rot auf, und der Wagen verschlang die Auffahrts-

rampe in kürzerer Zeit, als ein Spatz braucht, um sich fortzupflanzen.
Die Falltüre schloß sich wieder mit einem dumpfen Rumpeln und ließ die Köpfchen der Herbstzeitlosen leicht erzittern. Antioche öffnete das Gittertor des Hauses mit demselben Verfahren, und sein Fahrzeug schnellte auf die Fahrbahn, aus jeder Profilnoppe seiner Reifen gierend.
Wenig später hielt Antioche vor Adelphins Haus. Dunoeud, der seinem Posten treu war, war nicht da. Er war in der Zubereitung von Feingebäck als Wegzehrung für die Reise begriffen.
Antioche läutete. Das Gittertor ging auf. Er setzte sich wieder in den Wagen und beschrieb eine graziöse Kurve dritten Grades, ehe er vor der wackligen Freitreppe aus Marmor zum Stehen kam.* Er stieg abermals aus, schloß sorgfältig alle Wagentüren und verfügte sich sodann zu den drei anderen in die Bibliothek.

* Es handelt sich hierbei um jene Kalksteinsorte mit kleinen Löchern, die einen ganz typischen Namen hat, an den ich mich aber ums Verrecken nicht erinnern kann.

Have a drink!« said the Major, while Antioche was bursting into the room.
»Sorta seems to suit me like a Persian rug«, said Antioche. Then came Dunoeud with a tray, on which a big glass was standin' half full with rye.*
Antioche ergriff das Glas und leerte es in einem Zug.
»Noch ein bißchen«, sagte er zu Dunoeud, »ich bin durstig.«
Er wandte sich zum Major.
»Nun, altes Haus, bist du soweit?«
»Es kann losgehen«, sagte der Major.
Der Graf und Alvaraide stiegen vom ersten Stock wieder die Treppe hinunter, beide trugen elegante Anzüge aus violettem Tweed mit gelbem Karomuster. Adelphin trug überdies eine weiße Baskenmütze, die er sich bis zu den Ohren heruntergezogen hatte.
Sérafinio - etwas männlicher - hatte einen grauen Filzhut, kokett geschmückt mit einer in einem Neigungswinkel von 60° aufgepflanzten Feder aus einem roten Staubwedel, in der Horizontalen ruhend, auf dem Kopf sitzen.
»Habt ihr eure Revolver dabei?« fragte der Major.
»Jawohl!« antwortete Sérafinio.
»Her damit!« befahl der Major.
Er zog die Magazine heraus, vergewisserte sich, daß sich in den Läufen der Waffen ebenfalls keine Patronen mehr befanden und gab dann die Revolver wieder ihren Besitzern zurück.
»So ist es weniger gefährlich«, war Antioches Kommentar.
Und die beiden anderen nickten beifällig.
Die vier Männer nahmen in dem geräumigen Wagen Platz, und mit siebzig Sachen im Rückwärtsgang preschte An-

* Für diesen Absatz haben wir Lord Byron um seine Mitarbeit gebeten.

tioche durch das Gittertor. Eine kurze Kehrtwendung, und die Maschine schoß auf den Boulevard.
»Wo fahren wir eigentlich hin?« fragte Antioche nach fünf Minuten.
»Dorthin«, sagte der Major, »wir sind schon da.«
Das Auto stoppte vor einem achtstöckigen Gebäude, dessen wimmelnde Bewohnermassen man schon erahnen konnte. Im selben Augenblick, da der Major, der als einziger ausgestiegen war, das Eingangstor durchschritt, kam eine uniformierte Sozialamtshelferin die Stahlbetontreppe herunter. Er würdigte sie keines Blickes und stieg in den fünften Stock hoch. An der Eingangstüre aus Wellblech hing ein beschrifteter Hutschachteldeckel, auf dem die Worte zu lesen standen:

Isaac Laquedem

amtl. geprüfter Verschätzmeister
und vereid. Dreihänder

Der Major versetzte der Blechtür einen gewaltigen Fußtritt, so daß sie ihrer Funktion nicht mehr gerecht werden konnte, und drang in Isaacs Behausung ein.
Dieser las gerade den Talmud in grünwelscher Übersetzung, da er rot sah und an Daltonismus litt.
»Guten Tag«, sagte der Major.
»Wie geht's wie steht's?« sagte Isaac.
»Wieviel ist dieses Eumel wert?« fragte der Major.
»Werd ich dir gleich sagen«, brummte der andere.
»Etwas dalli, ich hab's eilig!«
»Es ist gefälscht«, seufzte Isaac nach einer Viertelstunde. »Alles in allem darf es höchstens elf Millionen wert sein.«
»Dollar?« vervollständigte Jacques.
»Nein, Pfund Sterling. Ich nehm es dir aber gern für fünfzig Francs ab, falls du es verkaufen willst.«

»Zu liebenswürdig«, knurrte nun seinerseits der Major. »Kein Sterbenswörtchen zu niemand!« fügte er noch hinzu.
»Versteht sich«, sagte Isaac.
»Du gestattest?« sagte der Major, indem er seine MP hervorzog. »So kann ich mich ruhiger fühlen.«
Er entleerte seine Waffe auf Isaac, der ein paar Sekunden lang ein gurgelndes Geräusch von sich gab und hierauf verstummte.
»Auf Wiedersehen, Alterchen!« sagte der Major im Gehen.

Auf der Strecke

Jetzt aber los!« sagte der Major, indem er in den Cadillac stieg.
Antioche ließ die Kupplung los, und der Wagen machte einen fürchterlichen Satz nach vorn.
»Wir müssen heute abend noch in Bayonne sein!« sagte der Major. »Es ist jetzt elf Uhr vormittags. Also gib Gas.«
»Wir werden dort sein«, war Antioches knappe Antwort.
Sechs Stunden später fuhren sie in Chartres ein, kaum hinter dem festgesetzten Zeitplan zurück, da sie exakt fünf Stunden und zweiundvierzig Minuten irgendwo angehalten hatten, um sich zu erholen.
Der Cadillac bog gerade in die Straße nach Orleans ein, als ein Flugzeug am Horizont auftauchte. Es war ein Jagdflugzeug neuesten Typs, das den Wagen in wenigen Sekunden einholte.
Antioche drückte auf die Tube, wie man in der niederen Unterwelt zu sagen pflegt, und der Wagen verlor sogleich an Fahrt, da nämlich die Pedale verkehrt herum angebracht waren, um etwaige Diebe, vor denen man sich ohnehin auf

Schritt und Tritt in acht nehmen muß, zu verwirren und von der Fahrbahn abzubringen.
Das Flugzeug fegte knapp über die Straße hinweg, und eine Maschinenpistolengarbe ließ die Borke einer großen knorrigen Eiche zersplittern, indem sie tief ins Holz die Buchstaben P. A. gravierte. Daraufhin fing das Flugzeug an, in Spiralen um das Auto herumzufliegen.
Der Major griff zur Hupe und sendete einige Morsesignale, die Adelphin unverständlich vorkamen. Kein Wunder, wo er doch kein Morsealphabet verstand. Die Hupe des Cadillac war eine Vorrichtung von erstaunlicher Schallkraft und übertönte mit Leichtigkeit das Gurgelgeräusch von Sérafinios Pfeife, die ein wenig naß geworden war; er übrigens auch. Nach ein paar Sekunden hörte das Flugzeug auf zu kreisen, gewann an Höhe und verlor sich rasch in den Wolken.
Das Wetter war herrlich. Der Himmel war gänzlich klar und von einem unerträglichen Blaugrün. Deshalb fiel es nur Sérafinio auf, der kurzsichtig war. Für die anderen drei war es ein stinknormales Wetter, und das war auch schon alles. Man sah elf Lerchen über Furchen segeln und hörte Wachteln laut mit Lurchen vögeln, oder vielleicht auch umgekehrt.
Antioche Tambrétambre ergriff schließlich das Wort.
»Das war Popotepec...« murmelte er, indem er den Fuß vom Gaspedal nahm, worauf der Motor zu heulen aufhörte, so daß seine Gefährten sein Murmeln überhaupt erst hören konnten.
»Kleine Geschichtsstunde!« kündigte der Major an, indem er sich zu seinen Komplizen wandte.

Südamerika

Wie ihr ganz richtig bezweifelt habt«, fing der Major wieder an, »handelt es sich um den berühmten Popotepec Atlazotl.«
Er hielt kurz inne und rief sich unvergeßliche Erinnerungen ins Gedächtnis zurück. Vor seinem geistigen Auge sah er die kleine Stadt in den Anden vor sich liegen, wo Popotepec, auf einem Maultier sitzend, seine unzähligen Truppen um sich scharte, wobei er die Hymne der alten Azteken sang.
Es war ein INKAsus, wie er nicht alle Tage vorkommt. Schon am Morgen war Popotepec ausgezogen und brachte am Abend siegreich die Köpfe von elfhundert Staatsfeinden nach Hause. Antioche und der Major, die auch an der Expedition teilgenommen hatten, waren kurz darauf gezwungen, das Land zu verlassen, doch Popotepec ließ ihnen regelmäßig seine Botschaften zukommen.
Die Ruhmträchtigkeit dieser Erinnerung mit den armseligen Mitteln der Sprache wachzurufen, erschien ihm ein Ding der Unmöglichkeit. Also schloß der Major mit den Worten: »Das wär's.«
Adelphin und Sérafinio hatten begriffen. Es gibt Augenblicke im Leben, wo sich ein Kommentar erübrigt.

Flug einer Katze

Um neun Uhr abends streckte das kleine Dienstmädchen von Herrn Grinchepédosque, dem großen Juwelier von der Rue Daranatz, den Kopf aus dem Fenster, um nachzusehen, ob Jaccopo Bédarritz, ihr Freund, wohl auch beim vierten Kilometerstein auf sie wartete. Sie hatte nur die Zeit gehabt, den Arm vorzustrecken, um auch schon im Fluge und am Halsfell eine gewöhnliche Straßenkatze von undefinierbarer Farbe zu erwischen, die die Stoßstange eines stattlichen weißen Straßenkreuzers gerade in die Luft geschleudert hatte, ohne ihr weiteren Schaden zuzufügen als eine leichte Zerzausung des Schwanzgefieders.

Diese Katze war aus einer Kreuzung von Mirus dem Ersten mit einem entfernten Abkömmling der Frucht der Liebe jener Henne zu jenem Karnickel hervorgegangen, von denen uns Réaumur in seinen Schriften (erschienen in einer von Jean Rostand herausgegebenen Reihe) berichtet. Alle Katzen aus dieser Familie hatten Federn am Schwanz. Joyce behauptet (im Ulysses, Seite 985), daß diese Mißbildung nicht ohne einen heimlichen Lustgewinn an der Wirbelsäulenbasis, wo bekanntlich die Darmentleerung stattfindet, abgeht. Doch bis zum heutigen Tage haben wir keinerlei Anhaltspunkte für die Richtigkeit dieser Behauptung, die äußerst typisch für das Genie des Irländers zu sein scheint.

Die kleine Hausgehilfin (sie hieß Maria) bot der Katze eine Tasse Kamillentee an, die diese dankbar annahm, und ging hinunter, um ihren Freund zu treffen, was jener dankbar annahm.

Der Major und seine Gefährten – denn das waren sie – preschten kreuz und quer durch die gewundenen und schlecht gepflasterten Straßen der Stadt. Nachdem sie die Kirche umrundet hatten, verloren sie sich in einer nahezu menschenleeren, gottverlassenen Gasse, wo der Wagen vor einer niedrigen, sorgfältig mit öffentlichen Anschlägen überklebten Türe bremste.

Keller

Die vier Männer stiegen schweigend aus und schlüpften rasch durch den Rahmen der Tür, welche sich auf die Beschwörungen des Barons hin geräuschlos geöffnet hatte. Der Cadillac folgte nach. Er konnte sich selbst chauffieren und roch schon den Stall. Sie hatten kaum ein paar Meter hinter sich gebracht, da fiel auch schon die Tür mit dumpfem Knall ins Schloß, und Antioche drehte an einem Schalter, der sich in Griffweite befand. Süße Musik erklang. Es war der Hoerphunck. Antioche tappte ein paar Augenblicke weiter und fand schließlich einen anderen Schalter. Diesmal den richtigen. Es gab ein diskretes Knacken, worauf der Fußboden unter den Füßen der vier Freunde nachgab und alle zusammen damit in die Tiefe stürzten.
Ihr Fall war von kurzer Dauer, die Berührung mit dem gepflasterten Boden eines dunklen Kellers jedoch erwies sich als folgenschwer. Adelphin verlor seine weiße Mütze, obwohl sie ihm wie gewöhnlich bis an die Ohren auf dem Kopf saß. Der Major indes reagierte heftig: das tat er aus Prinzip. Er zog eine Handgranate aus der Tasche und warf sie in den Hintergrund des Kellergewölbes. Eine gedämpfte Detonation erscholl und ... ein Verputzregen ging auf Sérafinio nieder. Dieser hatte nicht die Geistesgegenwart besessen, am Boden liegen zu bleiben.
Adelphin entfernte tastend die größten Gesteinsbrocken aus dem linken Auge seines Freundes, und Antioche schickte sich an, die Situation zusammenzufassen. Er entnahm seiner Tasche eine starke elektrische Stablampe und ließ einen blendenden Lichtkegel über die umliegende Finsternis wandern, worauf diese schlagartig verschwand.
Es war ein höchst sinistrer Ort. Die nachtblaue, mit Salpeterausblühungen überwucherte Jakonettbespannung hatte sich von dem durch die Explosion der Granate eingestürzten Ge-

wölbe abgelöst und lag am Boden verstreut in einem Haufen von Abfällen aller Art: Teekannenwärmer, Steinbrech, nicht mehr gebrauchten Bauchnabeln ... in einer Ecke fand sich sogar ein falsches Saxophon, in welches die Kakerlaken ihr Nest hineingebaut hatten. Der Keller hatte einen rechteckigen Grundriß und war aus Bruchstein erbaut.

Die vom Major geworfene Granate hatte einen Teil des Gewölbes und die obere Partie einer Seitenwand in die Luft gejagt. Durch die entstandene Öffnung hindurch gewahrte man nichts als die modrigdunkle Düsternis der Grüfte. Bläulicher Pulverdampf hielt sich im Gemäuer der Ruine.

Sowie der Lampenschein die unregelmäßigen Ränder des Loches sichtbar werden ließ, fuhr eine weißliche schemenhafte Gestalt aus dem Dunkel hoch und verschwand sogleich wieder hinter der Mauer.

Antioche löschte unverzüglich die Lampe und ließ einen Furz in G-Dur fahren, um seine Helfershelfer von der drohenden Gefahr zu unterrichten.

Sérafinio, der gerade gedankenverloren den Grafen sodomisierte, erhob sich und ging klugerweise hinter der hohen Gestalt des Majors in Deckung. Dieser wandte sich mit mißtrauischer Miene um, protestierte aber nicht, weil er nichts sah.

Antioche warf auf gut Glück eine weitere Granate durchs Loch. Ein übernatürliches Gebrüll erscholl, und ein Schwall warmer Flüssigkeit überspritzte die vier Männer, die entsetzt zurückwichen, da sie den Geruch von Krötenblut erkannt hatten.

Das Tier

Auf der anderen Seite der Mauer vernahm man nun ein dumpfes Geräusch, begleitet von einem schauderlichen Platschen, das sich wie Gibbonfüße in zu flüssig geratenem Kartoffelbrei anhörte. Beherzt richtete Antioche abermals den Lichtkegel seiner Stablampe auf die Öffnung, die neuerlich leicht vergrößert erschien und deren Ränder sich lachsrot verfärbt hatten. Eine Hand fuchtelte einige Zeit herum, krallte sich dann am Lochrand fest, und der Kopf eines unglaublich bärtigen Sechzigjährigen schlüpfte als erstes hindurch, knapp gefolgt vom ausgemergelten Körper eines Greises von riesenhaftem Wuchs, der unter dem rechten Arm eine Rolle von Papieren trug, die mit der Zeit gelb geworden waren.

»Ich bin mit dem Boot hierher gekommen ...«, keuchte er, »auf dem Blut von Jules... armer Jules... ihr habt ihn erwischt ... dabei war er ein so lebenslustiger Kerl ...«

»Wer ist das, Jules?« fragte Sérafinio, der eine lange Leitung hatte.

»Jules?... na wer schon!« antwortete der Greis. »Rhizostomus gigantea azurea ozeanensis ... ausgewachsenes Exemplar ... vor langer Zeit gefangen... Malikopi... ah!... ich krepier vor Durst!«

Er schluckte sehr sonderbar und schien plötzlich zu schrumpfen.

»Das Manuskript ... ihr werdet es ohnehin lesen ...«, brabbelte er, »ich hau jetzt ab!«

Da erlitt er einen Schwächeanfall.

»Na, na, Großpapa«, sagte der Major, »immer mit der Ruhe! Sie werden uns doch nicht einfach hier stehen lassen ... Sie brauchen keine Angst zu haben.«

»Doch...«, seufzte der Alte, »ich gehe jetzt... ich hab nämlich einen fürchterlichen Dünnschiß!«

Er ließ sein Manuskript zurück, vollführte einen großartigen Salto mortale und landete auf der anderen Seite des Lochs. Darauf vernahm man den Gesang der Wolgaschiffer, aus Leibeskräften von einer heiseren Stimme gegrölt... dann nichts mehr... nur noch das sinistre Plätschern von Jules' Blut, das schon am Fuß der Mauer durchzusickern begann.
»Ans Werk, Kinder!« rief der Major. »Wir werden uns doch nicht wie die Austern in diesem Keller ersäufen lassen!«
Er riß die noch in Fetzen von den Wänden hängende Jakonettbespannung ganz herunter und begann die Überreste von Leinen und Holz entlang der Gewölbemauer aufzuhäufen.
Seine Gefährten halfen ihm fieberhaft, ohne ihm irgendwelche Fragen zu stellen. Nach einer Viertelstunde reichte der Materialstapel bei einer Dicke von zwei Metern beinahe an das Loch heran. Der Major zückte sein Feuerzeug und steckte den Haufen bunt zusammengewürfelter Gegenstände in Brand.
»Das gibt Blutwurst«, schloß er, »und wird bald aufhören zu rinnen.«
Antioche hatte längst begriffen, und die anderen beiden tauschten bewundernde Blicke.
»Wird wohl mächtig qualmen«, entgegnete Adelphin.
»Nein! Durchzug...«, schloß der Major, indem er ohne Vorwarnung eine dritte Handgranate auf die dem Grab von Jules entgegengesetzte Seite warf.
Der Rest des Gewölbes stürzte geräuschvoll ein, so daß sie nur noch den Bruchsteinhaufen besteigen mußten, um sich im Hausflur wiederzufinden, von wo sie heruntergefallen waren.
»Aber das Feuer müßte man doch löschen«, gab Antioche zu bedenken und befühlte gleichzeitig seine Tasche, um zu sehen, ob das Manuskript noch da war.
»Das wird uns die göttliche Vorsehung abnehmen«, antwortete der Major, der, die anderen drei hinter sich herziehend,

die höheren Stockwerke erklomm, wobei er Sérafinio von einem Regenschirmständer losreißen mußte, der seine Aufmerksamkeit auf sich gezogen hatte.

Das Manuskript

Ich wüßte doch gar zu gern«, sagte der Major, »wer sich erlaubt hat, mein Haus so zu verunstalten und mir nichts dir nichts einen Rhizostomus in den Nachbarkeller hineinzusetzen.«

...denn dieser Keller war einer der zahlreichen Rückzugsorte des Majors und trefflich in Schuß gehalten von irgendeinem mysteriösen Hauswart.

»Er hat mir meinen Keller versaut, er hat mich meine Jakonett-Tapeten anzünden und uns durch eine Falltür runtersausen lassen. Ein ganz gemeiner Schuft also! Antioche, was hast du zu seiner Verteidigung vorzubringen?«

»Er ist sicher aus meiner Familie«, sagte Antioche. »Aber laßt uns das Manuskript lesen.«

»Und was ist mit dem Feuer?« warf Sérafinio ein.

»Das geht von selbst aus«, sagte der Major. »Die Jakonettbespannung ist ganz und gar unbrennbar, und die Holzteile sind nichts anderes als bemalter Stuck.«

Beruhigt machten es sich seine Freunde auf wackligen und unkomfortablen Stühlen bequem und rüsteten sich, der Lesung des Manuskripts zu lauschen.

»Ach, wenn Dunoeud jetzt bloß da wäre!« seufzte Adelphin. »Dann könnte er hier ein bißchen aufräumen ...!«

»Geduld!« sagte der Major, »er wird schon kommen. Er ist verständigt. Jetzt aber aufgepaßt.«

Das Manuskript bestand aus ungefähr dreißig vergilbten

Blättern, die von einem Butterschneidedraht zusammengehalten und von Sommersprossen übersät waren. Die erste Seite fehlte, doch der Text begann ohnehin erst auf der zweiten.
Es begann wie ein Roman …

Lesung des Manuskripts

Jef Dubois stieß mit entschlossenem Schwung die Tür des Lifts Marke Poekel-Käfigk auf, der ihn bis in die sechste Etage gehievt hatte, und bog in den langen mit Linoleum ausgelegten Flur ein, der zu den Büroräumen führte.
Ein Schild an der ersten Tür rechter Hand trug die Aufschrift ›Auskunft‹. Jef stieß die Tür mit entschlossenem Schwung auf, einem ebensolchen wie ersterem, mit welchem er erstere aufgestoßen hatte.
»Der Baron Visi?« fragte er.
Antioche hielt in seiner Lektüre inne.
»Das ist typisch für ihn«, bemerkte er.
»Für den Baron Visi?« fragte der Major.
»Ja«, sagte Antioche, »er war mein Vater.«
»Die zweite Tür linker Hand«, antwortete die Sekretärin, die den Auskunftsdienst mit dem der Telefonistin verband.
Jef bedankte sich mit einem Lächeln und blieb vor der zweiten Tür linker Hand stehen. Diese trug überhaupt keine Aufschrift. Nur die Ziffer neunzehn nagelte den Blick in zirka einem Meter fünfundsechzig über dem Boden fest.
Er zögerte drei Sekunden und klopfte dann.
»Herrrrrein!« antwortete eine energische wohlklingende Stimme. Die Stimme eines Mannes, dem im Alter von dreiundzwanzig Jahren die Mandeln restlos entfernt worden waren.
»Der Baron Visi?« fragte Jef im Eintreten.
»Das bin ich«, sagte der Mann, indem er sich anmutig erhob, um

seinen Besucher zu empfangen, und sich dabei grauenhaft die Kniescheibe an der Unterkante der mittleren Schublade seines Schreibtisches anschlug.

Der Baron Visi maß einen Meter siebenundachtzig. Er war blond und blaß, und seine Augen mit den ewig halbgeschlossenen Lidern vermittelten einem den Eindruck intensiver Gehirntätigkeit. War er intelligent? Oder total bescheuert? Nur wenige konnten sich rühmen, über diesen Punkt genau Bescheid zu wissen. Eine hohe, gewölbte, fast geniale Stirn vervollständigte diese mehr als zu Recht urbildliche Erscheinung.

Der Baron rieb sich dumpf ächzend die Kniescheibe und wies dem Besucher einen Sessel an.

»Jef Dubois?« fragte er.

»Sie haben's erraten«, antwortete der andere und schielte zu dem blauen Briefumschlag hinüber, den er am Vortag aufgegeben hatte, um dem Baron sein Kommen anzukündigen.

Dieser ließ den Briefumschlag mit eleganter Geste verschwinden, legte behutsam die seitliche äußere Partie seiner rechten Wade auf sein linkes Knie und forderte in harschem Ton:

»Zwei Millionen und keinen Sou darunter!...«

Verlegen kratzte sich der andere am Kopf mit einer Hand, deren Nägel, offensichtlich vollkommen sauber, jene kleinen gelblichen Schwellungen aufwiesen, ein typisches Anzeichen für den maßlosen Konsum der Verdauungspastillen Rennie.

»Ich wollte nicht mehr haben als eine Million neunhundertsiebenundachtzigtausend... das brächte ich nicht über mich.«

»Sie scheinen ziemlich genaue Vorstellungen vom Wert des Gegenstandes zu haben«, sagte der Baron grinsend, »... sagen wir noch siebenhundert Eier mehr, dann stimmt's.«

»Wenn es schon nicht anders geht...«, sagte Jef und seufzte. »Sie zahlen mit Scheck?«

»Gewiß«, sagte der Baron, zog ein Scheckheft aus der Tasche und leistete der Aufforderung Folge.

Die beiden Männer schüttelten einander die Hände, und Jef verließ mit seinem Scheck in der Hand den Raum.

Allein, wischte sich der Baron die Stirn mit einer schülerhaften Geste ab und klingelte nach seiner Sekretärin.
Es war eine hübsche Blonde mit einer Stupsnase.
»Azor«, sagte der Baron zu ihr, »heften Sie diesen Brief ab« – er hielt ihr den blauen Umschlag hin – »und bringen Sie mir die Akte 7509.«
Um seinem Unternehmen jenen großzügigen Stil zu verleihen, der ihm zukam, numerierte der Baron seine Akten bei 7508 beginnend, und seit über einem Jahr gereichte ihm diese Methode zu vollster Zufriedenheit.
Der Baron Visi übte den künstlerischen Beruf eines Erpressers aus; Jef Dubois war sein jüngstes Opfer. Begabt mit einem liebenswerten Naturell voll biederer Herzlichkeit, trug er eine Krawattennadel aus gewelltem Quecksilber und ließ sich nicht im geringsten anmerken, wie sehr er sich hatte übers Ohr hauen lassen. Zumal der Gegenstand, dessen er sich hier entäußert hatte, seiner Natur nach geeignet war, eine Karriere, die sich immerhin brillant anließ, fatal zum Stillstand zu bringen.
Als am Morgen darauf Jefs Kammerdiener wie gewöhnlich kam, um mit seinem Herrn den morgendlichen Pernod zu schlürfen, fand er ihn tot in seinem Fauteuil, die Finger starr um das Weinglas gekrampft, das zu leeren er sich eben angeschickt hatte, als der Tod ihn jählings ereilte. Er hatte mittels eines gut gezielten Keulenschlages Selbstmord verübt.
Der Baron in seiner Höhle lächelte ein Raubtierlächeln, das seinen linken Eckzahn an der oberen Partie entblößte, wo eine raffinierte Füllung saß, die seinerzeit von einer Dentistin aus Sèvres namens Henriette eingelegt worden war.
Danach verschwand er für sieben Jahre in der Unterwelt.

An diesem Punkt der Lektüre angekommen, hob Antioche den Kopf. Ein engelhaftes Lächeln spielte um seine gutgeschnittenen Gesichtszüge.

»Dieser Schweinhund!« murmelte er, und zwischen seinen granatapfelroten Lippen nahm sich die Beschimpfung wie eine Liebkosung aus.

Dann fuhr er fort:

... Es hatte den ganzen Tag über geregnet; ein schmutziger Regen mit einem Geschmack von Schwefel und Ozon, ein klebriger Nieselregen, der sich nur widerwillig von den grünlichen Fensterscheiben abzulösen schien, wovon die meergrünen Perlen behäbig abtropften, um in einer Steinsimsvertiefung zusammenzurinnen, Ergebnis geduldiger Abnützung durch Wind und Steinbeißerchen, jenes kleine Insekt, dessen Muschelschale man im Kalksinter von Paris antrifft. Die Geranie am Fenster, seit Monaten verwelkt, raschelte zuweilen ausgiebig mit ihren vergilbten Blättern, um hierauf wieder in einen quasi vegetabilischen Schlummer zu sinken.

Der Abend dämmerte herauf, schon ballten sich die Nachtwolken am westlichen Himmelstor, bereit, die Stadt in ihre scheinheilige malvenfarbene Sanftheit zu tauchen.

Ein versprengtes Taxi, mitleidswürdig in diesem fahlen Wasser, das die Rostigkeit seiner Nickelteile und den Zustand hochgradigen Verfalls seiner verbeulten Karosserie noch unterstrich, fuhr in geringem Tempo vorüber, die Hausmauern, das Fenster und den alten Steinpfosten bespritzend, neben welchem ein halbkreisförmiger Fußabkratzer, der durch allzulangen Gebrauch und gewissenhafte Erziehungsmethoden abgewetzt und glattgescheuert war, unter dem ihn gerade anstrahlenden Scheinwerfer matt aufleuchtete.

Frauen in Pelzmänteln, deren beginnende Altersschwäche an Knopfleisten und Ärmelrändern abzulesen war, stöckelten da und dort einher, ihre Physiognomonika unter einer Miene falscher Heiterkeit und einer dicken Schicht feuerfester Keramik verbergend;

man ging ins sechsundvierzigste Kriegsjahr, und das Reismehl begann schon knapp zu werden.
Unterdessen war es endgültig Nacht geworden. Rechts vom Torpfosten öffnete sich geräuschlos eine Tür. Ein langschmales, unruhiges und verschlagen dreinblickendes Gesicht, dessen Züge einen Anflug kosmischer Bösartigkeit trugen, schob sich langsam aus dem Türspalt. Eine schmale, weiße Hand mit knochigen Fingern tippte leicht an den Klingelknopf, ihn gerade nur streifend, zögerte kurz und drückte dann plötzlich kräftig darauf.
Nichts war zu hören. Es floß wohl kein Strom.
Mit einem Wutschrei richtete sich der Mann auf der Schwelle in seiner ganzen Größe auf und sprang mit beiden Füßen zugleich auf den Fußabstreifer. Eine dumpfe Detonation erklang, und die Behausung stürzte im Getöse splitternden Glases und berstender, weil fehlberechneter, Trägerbalken in sich zusammen. Ein dunkler Krater rauchte nunmehr an der Stelle, wo noch wenige Sekunden vorher ein dreckiger Saustall gestanden hatte.
Der Vorfall schien niemand wunder zu nehmen. Zumal niemand anwesend war. Und fast alle Häuser der Nachbarschaft hatten einen Fußabstreifer.
Dann hörte man in der rußig durchschimmerten Nacht eine Säuferstimme eine alte Jazzmelodie gurgeln, während schwere und unsicher torkelnde Schritte das feuchte Pflaster erzittern ließen. Ein Saufbruder kam gerade alkoholsaturiert nach Hause. Seit die Aperitifs wieder 1,5 Prozent hatten, war die Zahl der Trunkenheitsfälle auf nachgerade alarmierende Weise angestiegen.
Der Mann röhrte jetzt:
»Heut steh ich noch im Rampenlicht,
verführ die Frauen allemal.
Dereinst ... tadam ... das Auge bricht,
sterb ich ... tadam ... als Original ...«
Es war kein Zweifel möglich: Der Baron Visi kam gerade von einer nächtlichen Sauftour nach Hause und hatte den Text vergessen.

Fortsetzung der Fortsetzung des Manuskripts

Sowie er sich der Nummer sieben näherte, die wenige Augenblicke zuvor von einem Hause in bester Verfassung getragen worden war, schien seine Trunkenheit urplötzlich zu verfliegen. Seine Gestalt richtete sich auf und nahm die schleichende und geschmeidige Gangart des Caraco aus dem birmanischen Dschungel an.

Er blieb im Dunkeln stehen, streckte die Hand nach dem Klingelknopf aus und – drückte mit dem Finger ins Leere, das sich wenig darum scherte.

»Ah!!!« knirschte er, »… Caruso hat wieder eins seiner üblichen Späßchen getrieben.«

Der tanzende Schein seiner starken elektrischen Taschenlampe enthüllte ihm das Chaos der rauchenden Trümmer.

»Soll einer da drin einen Ordner wiederfinden!« seufzte der Baron.

»Einen Ordner … oder sonstwas …«, murmelte er zwischen den Zähnen.

Er löschte die Lampe und trat an die Nachbartür.

Auf seinen energischen Fußtritt gegen die Tür hin, öffnete ein äußerst offenherzig dekolletiertes Mädchen, die fuchsroten Haarsträhnen unordentlich um das rundliche Gesicht drapiert. Ein Hauch von Sünde ging von diesem verlorenen Geschöpf aus … nicht für jedermann verloren, wohlgemerkt.

»Hast du ein Plätzchen zum Schlafen?« fragte der Baron.

»Das da!« antwortete sie und öffnete den Morgenmantel.

»Ich folge dir«, sagte der Baron und sog den Weibchengeruch ein, der aus den Tiefen hochstieg, während sich geile Traumbilder in sein mönchisches Hirn einfraßen.

Immer noch das Manuskript

Erschöpft starb das Mädchen im Morgengrauen. Der Baron machte erst geruhsam seine Morgentoilette und warf dann den Leichnam in die Glut, die noch vom Vortag in der Ruine des Nachbarhauses glomm. Dann läutete er.
Eine Xanthippe in Lumpen erschien auf sein Zeichen.
»Tag Jacob«, sagte der Baron freundlich, »wo ist Caruso?«
»Tot«, sagte die Alte.
»Dieser Trottel! Ich hab's ja gewußt …!« sagte der Baron. »Wo ist Lambourde?«
»Tot.«
»Totor?!«
»Er nimmt gerade ein Gläschen zur Brust beim Zenobiten.«
»Hol ihn …«
Die Alte schlurfte in ihren Schlappen davon, von denen einer einen praktisch unsichtbaren Flicken hatte.
Zehn Sekunden später trat Totor ein. Der Baron drückte ihm wortlos die Hand.
Totor war ein junger Mann von fünfundzwanzig Jahren, trug einen tadellos gebügelten, marineblauen Anzug, eine himmelblaue Köper-Krawatte und einen Schlapphut. Dazu rotlederne Handschuhe. Nichts Dubioses war in seinem Gebaren, er schien geradewegs aus Janson-de-Sailly zu kommen. Chanson de saillie, der Beschälersong, wie die Pferdezüchter gern dazu sagen, wenn die starken Hengste wiehernd ihre Stuten decken, damit sie sich so allein im unheimlichen Stall nicht fürchten in der Nacht …
In Wirklichkeit war er dreiundsechzig und verbarg sorgfältig sein wahres Alter. Der Baron zog ihn zu allen Geschäften bei, die Takt und Fingerspitzengefühl erfordern: in solchen Fällen schickte er Totor in die Provinz und konnte so seinerseits unangefochten agieren, ohne Gefahr zu laufen, durch die Dummheit dieses kläglichen Helfershelfers ins Hintertreffen zu geraten.
»Totor«, sagte der Baron, »hol mir die Akte 7510.«

Totor streckte den Arm nach einem mit Einlegearbeit verziertem Louis-Quinze-Möbel aus, das den hinteren Teil der Bettnische ausfüllte, wo der Baron sich während der Nacht sexuell ausgetobt hatte. Er ließ das Drehfach in seinen Halterungen herumwirbeln und entnahm ihm ein dünnes Heft aus Toilettenpapier von exzellenter Qualität.
»Kommen Sie damit aus?« fragte er.
»Ja ...«, sagte der Baron und schob es in die rechte Hosentasche. »Jetzt gib mir die Juwelen!«
»Es ist alles glatt gegangen«, sagte Totor und streckte dem Baron eine Handvoll Rubine hin, deren kleinster bei vorsichtiger Schätzung zweiundsechzig Karat wog.
»Ich behalte diesen hier«, sagte der Baron, indem er den betreffenden Rubin zu sich steckte.
Totor trat ans Fenster und warf in weitem Bogen die hundertneunundvierzig Rubine hinaus, die übriggeblieben waren.
»Du wolltest mich doch wohl nicht etwa aufs Kreuz legen?« sagte der Baron und heftete seinen durchdringenden Blick auf Totors pausbäckiges ferkelrosiges Gesicht.
»Werden Sie nicht kindisch«, sagte Totor, »wieviel springt dabei für mich raus?«
Mit einem Pumasprung warf sich der Baron auf Totor, und mit einem wohlplacierten Faustschlag streckte er ihn kampfunfähig zu seinen Füßen nieder.
»Dich werd ich Mores lehren!« schloß er ruhig.
Totor klappte nach ein paar Sekunden mühsam die Augen wieder auf ...
»Ich hab vorhin vergessen, Ihnen zu sagen, Chef ...« murmelte er, »daß der Zenobit Sie sprechen möchte ...«
Er fiel wieder in Ohnmacht, und der Baron lächelte, sah er doch mit Freude, wie seine bloße Anwesenheit genügte, seine Untergebenen in seinen Bann zu schlagen. Er nahm ein schwarzseidenes Halstuch aus der zweiten Schublade des kleinen Möbels, ergriff seinen Hut und legte, noch den Regenmantel vom Haken nehmend, den Weg durchs Treppenhaus rittlings auf dem Geländer abwärtsrutschend

zurück. Die Kugel aus künstlichem Kupfer, die das untere Ende des Geländers zierte, gab nach und brach bei der Ankunft des Barons herunter. Behend durchmaß dieser mit ein paar leichtfüßigen Sprüngen die Entfernung, die ihn noch von der verrufenen Schänke trennte, wo die niederträchtige Persönlichkeit, die man den Zenobiten nannte, hinter einem Tresen aus Dudelsackpfeifenholz seine namenlosen Cocktails braute.

Beim Einritt des Barons verstummten schlagartig das Gelächter und die unflätigen Scherze, die sich bis dahin dröhnend an den Wänden des engen Kellers gebrochen hatten. Bewunderndes Raunen erhob sich hier und dort, da die riesenhafte Gestalt dieses seltsamen Individuums auch die von Sensibilität unbelecktesten Wesen zu beeindrucken vermochte.

»Hast du mir was zu sagen, Baron?« fragte der Zenobit, um etwaige Verdächtigungen abzuwenden.

»Ja, komm nach drüben!« antwortete der Baron, auf das Spielchen eingehend.

Sie ließen sich in einer Ecke des Raumes an einer Wand nieder, auf welcher eine ungeschickte Hand, mit einem Stück Holzkohle als Zeichenstift, die Hinrichtung des Herzogs von Guise durch den Strang bei der Ständeversammlung von 1789 dargestellt hatte.

Und während rings um sie herum die Konversation wieder lebhaft aufflackerte, unterbreitete der Zenobit ihm seinen Plan …

Just in dem Augenblick, da dem Baron die entscheidende Information zuteil werden sollte, ohne welche das Unternehmen zu sicherem Scheitern verurteilt war, gab es einen trockenen Knall unter dem Gewölbe, und der Zenobit gab seine garstige Seele wieder dem Teufel zurück, indes seine sterbliche Hülle zu Boden rollte.

Der Baron zog seinen Revolver und zerschoß die Tausend-Watt-Birne, die diese Schreckensszene beleuchtete. Dann bahnte er sich in Sprüngen einen Weg durch das verschwommene Gewirr der Gestalten, die unter Gebrüll und Gezeter im Dunkeln durcheinanderwimmelten, erreichte schließlich den Ausgang und verschwand in der Finsternis, denn nicht weniger als sieben Stunden waren vergangen, seit er den Fuß über die Schwelle jener Kneipe gesetzt hatte …

Und immer noch das Manuskript

Brisavion, der berühmte Detektiv, rauchte gerade die hundertsiebente seiner täglichen Pfeifen hinter einem Schreibtisch, der mit Palisanderfurnier imitierender Klebefolie überzogen war, als sich ein gebieterisches Klingelzeichen vernehmen ließ. Ohne die Pfeife aus dem Mund zu nehmen, hob er behutsam den Deckel eines Ablagekastens, der zu seiner Rechten thronte.

Eine Instrumentenschalttafel wurde sichtbar, und ein grünes Lämpchen blinkte dreimal auf. Die Zeiger der Meßgeräte kamen auf ihren Skalen zum Stillstand, Brisavion machte sich flüchtig ein paar Notizen und drückte dann auf einen kleinen weißen Knopf, den er unter dem Zeigefinger hatte. Auf seinen Aufschrei hin, denn er hatte einen schlimmen Finger, erschien ein Domestik.

»Gehen Sie öffnen, Sarkopt!« sagte Brisavion.

»Sehr wohl, Chef«, sagte Sarkopt und salutierte vorschriftsmäßig.

Von seiner Dienstzeit als Gemeindestraßenkehrer her hatte er paramilitärische Sitten und eine ausgeprägte Abneigung gegen Pferde und Hunde bewahrt.

Es vergingen nur wenige Sekunden, und der Baron Visi trat ein.

»Wenn ich mich nicht irre, sind Sie der berühmte Brisavion? ...«, sagte er mit einer Stimme, so schneidend wie ein Sattlermesser.

»Der nämliche, ... äh ... Baron Visi«, antwortete der Detektiv.

Der Baron deutete ein Lächeln an.

»Zweifellos werden Sie mir jetzt meine Körpergröße auf den Millimeter genau sagen können ...«, fragte er mit Spott in der Stimme.

»1 Meter 87«, antwortete Brisavion leicht errötend.

»Ihre hübschen kleinen Apparate hier sind gut justiert«, schloß der Baron. »Überflüssig also, mir weiszumachen, daß ich fünfundachtzig Kilo wiege, daß mein Brustumfang 1 Meter 22 beträgt und ich Schuhgröße dreiundvierzig habe. Das weiß ich alles selbst. Sagen Sie mir lieber, wer den Zenobiten umgebracht hat.«

Und sein Blick schweifte nach draußen, in die Baumkronen, die

sattgrün in der Morgensonne glänzten. Brisavion nämlich hatte sein Fenster immer offenstehen.
»Ich habe mich vertan«, murmelte Brisavion. »Eine bedauerliche Panne ... Eigentlich hätte Sarkopt Sie umlegen sollen ...«
Mit einer flinken Bewegung zog er einen kleinen Hebel, der kaum über die polierte Fläche seines Schreibtisches ragte. Der dreihundert Kilo schwere Bronzelüster, der eine Sekunde vorher noch über dem Haupt des Barons gebaumelt hatte, zerschellte auf dem Fußboden, da der Baron einen Schritt zur Seite gewichen war.
»Sie werden sich schwertun mit mir«, bemerkte dieser schlicht und wischte sich den rötlichen Schweiß ab, den die Wut auf seinen Schläfen perlen ließ.
Einige Augenblicke war es totenstill. Die beiden Männer beäugten einander, ohne ein Wort zu sagen.
»Sie scheinen einiges Stehvermögen zu haben«, sagte Brisavion schließlich, »wollen wir uns zusammentun?«
Er streckte dem Baron ein Bündel Geldscheine hin, die bei vorsichtiger Schätzung die Kleinigkeit von zwanzig Millionen Rupien ausmachten. Dies war die offizielle Währung, seit jedermann aus Angst vor Raton Ghandi zum Buddhismus konvertiert war.
»Einverstanden!« sagte der Baron. »Wollen wir Sarkopt rufen?«
Er steckte die Geldscheine zu sich.
»Gern!« erwiderte der Detektiv. »Ich muß ohnehin den Domestik wechseln.«
Er läutete. Sarkopt erschien und ging in Habachtstellung.
»Sarkopt!« sagte Brisavion. »Häng den Lüster wieder auf!«
Der andere kam dem Befehl mühsam nach.
»Und jetzt mach das Kreuzzeichen!«
Der Arm des Dieners war kaum wieder an der Seite herabgesunken, da traf ihn auch schon die Kugel mitten ins Herz. Mit einem bizarren Schrei, der an den Ruf des Waldkäuzchens erinnerte, schlug er mit dem Gesicht auf dem Boden auf.
»Lassen Sie das wegschaffen«, sagte der Baron. »Aber jetzt zur Sache. Wo befindet es sich?«
»Sie kennen doch den Archipel von Touamotou?« sagte Brisavion.

»Wie meine Westentasche! Da finde ich mit geschlossenen Augen hin!«
»Nun, dort ist es nicht. Leider. Es ist in Borneo, zweihundert Meter südwestlich vom Gipfel des Malikopi.«
»Das ist ja mitten auf der Insel«, bemerkte der Baron.
»Ja«, sagte Brisavion, »aber Sie kriegen Zigaretten mit und ein Motorboot.«
»Großartig!« schloß der Baron. »Morgen geht's los.«
»Das dürfte etwas spät sein . . . !«
»Weshalb?«
»Vandenbouic hat auch Wind von der Sache«, gestand Brisavion.

Das Manuskript ist noch nicht zuende

Achso!« murmelte der Baron.
»Nicht wahr, die Lage ist ernst . . . ?«
»Aber wer ist denn dieser Vandenbouic?«
»Mein früherer Teilhaber.«
»Sie hatten einen Teilhaber?«
»Bis vor zehn Minuten«, seufzte Brisavion. »Aber Sie gefallen mir besser.«
»Das verstehe ich«, sagte der Baron, indem er eine selbstgefällige Miene aufsetzte.
»Jaja, er ist ein ungehobelter Kerl. Einen Lüster hat er mir auch kaputtgemacht. Der hat aber auch einen harten Schädel . . .«
»Donnerwetter ja!« pflichtete der Baron bei. »Es war wohl der Lüster in der Halle, nehme ich an?!«
»Zugegeben«, sagte Brisavion, »aber auch der wiegt immer noch gut und gern seine fünfzig Kilo.«
»Ich würde ihn gern kennenlernen, diesen Vandenbouic . . .«, murmelte der Baron versonnen, ». . . ich hätte größte Lust, diesen pseu-

doholländischen Quartalsäufer aufzuschlitzen und ihm die Gedärme aus seinem abgefuckten Leib zu reißen ...«
»Sie werden ihn ohnehin morgen zu Gesicht bekommen, er nimmt dasselbe Wasserflugzeug wie Sie.«
»Das kommt mir sehr gelegen«, gab der Baron zu. »Aber Sie werden mich jetzt entschuldigen; ich muß an meine Abreise denken.«
Er drückte die Hand des Detektivs und verließ den Raum.

Zwischenspiel

Der Major, der aufmerksam lauschte, erhob sich in diesem Augenblick, um nach Sérafinio zu sehen, der einige Minuten zuvor nach draußen verschwunden war. Ohne zu zögern ging er auf ein Zimmer zu, von dem er wußte, daß die Ratten es sich als Domizil auserkoren hatten, und fand dort Sérafinio flach auf dem Bauche liegend, von konvulsivischen Zuckungen gebeutelt.
»Klemmt wohl ein bißchen, das Loch, was?« bemerkte der Major.
»Das ist es nicht«, sagte Sérafinio, »aber es sitzt noch eine Ratte drin. Sie will mich nicht mehr loslassen. Noch eine Minute, und ich ersäufe sie ...«
... der Baron Visi stieg die Stufen zum Landungssteg hinunter. Er sprang in das kleine orangerote Boot, das dazu da war, die Fahrgäste zum versteckt liegenden Wasserflugzeug zu bringen. Dieses ruhte weich auf seinen langen Schwimmern. Eine leichte Brise harfte durch die Verspannungskabel des Stabilisierungsgestänges. Das graugrüne Blattwerk der Trauerweiden verlieh der Landschaft eine melancholische Note. Der breite Fluß rann träge dahin, und das Wasser des großen Hafenbeckens kräuselte sich, leicht gekitzelt von einem fröhlichen Windhauch. Die Sonne strahlte schon recht lebhaft.

Als das Boot näher an das Wasserflugzeug herankam, machte der Baron einen Kopfsprung ins klare Wasser und verschwand. Das Boot flog fast im selben Augenblick in Stücke und sank auf der Stelle.
Der Mann, der die Handgranate geworfen hatte, lag nun mit gebrochenem Genick auf dem Schwimmer, wo die unerbittliche Kraft des Barons, der unversehens aufgetaucht war, ihn festgenagelt hatte.
»Dreckiges Aas!« knirschte Visi prustend.
Er zog seinen automatischen Revolver und schoß bedächtig, wie auf dem Jahrmarkt, den Piloten ab, dann den Copiloten und schließlich den Funker, die alle nacheinander den Kopf durch die Kabinentür herausgesteckt hatten.
Im selben Augenblick streifte eine Kugel seine linke Backe und plattete sich mit mattem Aufschlag am Flugzeugrumpf ab.
»Aha«, murmelte der Baron und ging hinter dem Verstrebungsbein, das den Schwimmer abstützte, in Deckung. Vandenbouic eröffnete die Feindseligkeiten.
Es war nichts zu sehen. Nur aus einem Weidenbaum stieg eine dünne Rauchschwade in die Luft.
»Armer Vandenbouic!« grinste der Baron. »Schon wieder ein Wasserflugzeug, das du nicht kapern wirst.«
Mit unglaublicher Behendigkeit schwang er sich auf den zweiten Schwimmer und erreichte im Schutz des Rumpfes die Luke, die den Einstieg ins Innere der Maschine gestattete.
Die Leichen der Besatzung plumpsten mit drei sinistren ›Pluff!s‹ ins Wasser des Hafenbeckens, wo die Zitteraale und die Carcharias sie augenblicklich aufzufressen begannen.
Das ›flying girl‹, das für die Unterhaltung der Reisenden zuständig war, lag in einem der Sitze, den Blondkopf zurückgeneigt. Der Baron küßte sie auf die Lippen, ohne sie zu wecken, stellte dabei fest, daß ihr Rouge nach Streptokokken schmeckte, und begab sich dann zum Pilotensitz hinüber.
Mit kaum hörbarem Schnurren hob die Maschine ab.
»Vandenbouic war heut wohl nicht recht in Form!« sagte sich der Baron, der zum mindesten mit einem kleinen Feuerstoß aus einer

Maschinenpistole gerechnet hatte und nun nichts dergleichen kommen sah.

In zweitausend Meter Höhe bemerkte der Baron plötzlich ein grausilbernes Jagdflugzeug, das rasch herannahte. Er drückte auf den Klingelknopf zu seiner Rechten.

»Florence, meine Liebe«, sagte er zu dem blonden Kind, das mittlerweile erwacht war, »bringen Sie mir einen Cocktail.«

Sie kam mit einem Tomatensaft zurück. Der Baron trank die Hälfte in einem Zug und hielt dann verstimmt inne.

»Das ist aber ein verdammt scharfes Zeug!« bemerkte er.

»Es stammt noch aus der Zeit vor der Eroberung Alésias durch Judas Makkabäus«, erklärte Florence, die gerade ihren Rock hob, um einem Strumpf den rechten Sitz zu geben.

Der Baron steuerknüppelte mit einer Hand und knüppelsteuerte mit der anderen.

»Bleiben Sie standhaft, Chérie«, sagte er. »Ich werfe jetzt etwas Ballast ab, um diesen lästigen Kerl loszuwerden.«

Sowie sich das Wasserflugzeug um zwanzig Sandsäcke erleichtert hatte, erreichte es mit einem gewaltigen Sprung die hohe Atmosphäre, wo die wilden Elytren und die Alizeen mit dem glänzenden Gefieder schweben.

Das kleine Jagdflugzeug schien einen Moment lang etwas ferner gerückt zu sein, tauchte aber recht bald wieder im Gesichtsfeld des Barons auf.

»Wir werden ihn wohl angreifen müssen«, sagte dieser schließlich, »dieser Vandenbouic geht mir langsam auf die Nerven ...«

»Er nennt sich Vandenbouic?« fragte Florence.

»Nein! Bald wird einer seiner Leute das Kommando übernehmen. Er wird sich gleich eine Leiche nennen müssen ...« sagte der Baron mit einem derart scheußlichen Hohngelächter, daß die blonde Stewardeß vor Schreck einen Schluckauf bekam, den der Baron alsogleich mit sachkundiger Massage der betroffenen Nervenzentren zum Stillstand brachte.

Mit unerhörter Geschwindigkeit vollführte das Wasserflugzeug eine komplette Kehrschleife und befand sich plötzlich genau frontal zum angreifenden Jagdflugzeug. Die Schwimmer hakten sich unter die Tragflächen des Flugzeugs ein, worauf dieses wie eine besoffene Raupe in die schwindelerregende Tiefe stürzte, indes die Tragflächen, von einer seltsamen Längsdrehung belebt, gemächlich in Spiralen abwärtswirbelten. Der silberne, spindelförmige Flugzeugrumpf verschwand lautlos in den Wolken.

»Gut gezielt!« sagte Florence und brachte dem Baron einen zweiten Cocktail, den er zum Zeichen seiner Freude aus dem Cockpit kippte.

Das Wasserflugzeug, ein betagtes Modell, fegte mit ungefähr 800 Sachen in der Stunde dahin. Die Innentemperatur, von Polochongasöfen aufrechterhalten, war mild. Der Baron flog mit großer Meisterschaft.

Der Tag verging ohne besondere Vorfälle. Der Bordfunk hielt den Baron über die letzten Kriegsgeschehnisse auf dem laufenden. Seit langem hatte der Empfänger einen Spezialknopf, den man nur zu drehen brauchte, um die neuesten Meldungen zu hören. Diese wurden stündlich erneuert. Für herzleidende Personen sendeten einige zugelassene Stationen erfundene und optimistische Nachrichten und verkündeten jeden Tag zur Mittagszeit den Frieden. So kamen alle Hörer auf ihre Kosten.

»Ich schiebe jetzt einen Mordskohldampf!« sagte der Baron gegen sieben Uhr abends, nicht ohne eine gewisse Vulgarität.

Er verschlang auch sogleich die üppige von Florence zubereitete Mahlzeit, rollte sich auf seinem Sitz zu einer Kugel zusammen und fiel in einen ruhigen Schlummer, nachdem er alle Instrumente so eingestellt hatte, daß er sich nicht mehr darum zu kümmern brauchte.

Noch ein paar Seiten

Als Borneo in vollem Tageslicht vor den Augen des Barons auftauchte, richtete er die Nase des Flugzeugs auf den Gipfel des Malikopi, dessen hoher Felszinken sich scharf durch das üppige Blattwerk eines wüstwuchernden Dschungels in die Höhe reckte. Über dem Gipfel fing er an, weite Kreise zu ziehen. Wenig später öffneten sich zwei Fallschirme, dann ein dritter, an welchem die schweren Koffer des Barons hingen, die er am Vortag heimlich an Bord des Wasserflugzeuges geschafft hatte. Dieses geriet auch sogleich ins Trudeln und zerschellte auf dem Boden inmitten vegetabilischer Abfälle und Champignons, die mit Karbidgas aufgeblasen waren.

Der Baron und Florence landeten und befreiten sich aus den Falten der leichten Fallschirmseide. Worauf der Baron zur Auskundschaftung der Umgebung auf ein dichtes Gestrüpp zusteuerte, seine Begleiterin entkleidete und es ihr nach Strich und Faden genügend oft besorgte. Dann zog er den Revolver, gab ihr den Fangschuß und entfernte sich, um seine Koffer zu holen, die an den niederen Ästen eines Zwergmarmeladenbaums hängengeblieben waren.

Noch acht Seiten

Das rötliche Erdreich häufte sich in kleinen Bergen zu beiden Seiten der Grube. Der Baron hatte ohne Unterlaß seit zwei Tagen gegraben und eine Tiefe von neunundvierzig Metern erreicht, ohne indes zu finden, wonach er suchte…

Der Schweiß rann ihm in kleinen Bächen von der durch die unerbittliche Tropensonne gebräunten Stirn. Seine muskulösen Arme waren bis zu den Ellbogen mit roter Lehmerde beschmiert. Die

Schweißtropfen liefen ihm von den Schläfen auf die Wangen und fielen von dort auf den Boden, wo sie bereits eine kleine Schlammpfütze bildeten. Aus einem Wrackteil des Wasserflugzeugs hatte sich der Baron einen Spaten gebastelt, weil er vergessen hatte, einen solchen in seinem Gepäck mitzuführen. Das improvisierte Werkzeug vollbrachte wahre Wunder unter der Schubkraft seiner ungewöhnlichen Oberarmmuskeln.

In einer Tiefe von 45 Metern klang das Metall hart auf Felsen. Der Baron legte eilig die Oberfäche der Steinplatte frei und förderte dabei einen rostgelben Eisenring zutage. Er packte ihn mit beiden Händen, zog mit gewaltigem Ruck daran, und – der Ring blieb ihm in den Händen. Durch das im Stein entstandene Loch steckte er seinen Zeigefinger, hob so den schweren Steinklotz hoch, und legte einen gähnenden Schlund frei, in dem eine Trittleiter aus lackiertem Mangrovenholz sichtbar wurde, die in weißgott welche Tiefen führte.

»Das ist eine Idiotenfalle«, dachte der Baron. »So billig sollen die mich aber nicht kriegen.«

Er nahm einen Gesteinsbrocken und ließ ihn in den Schacht fallen. Nach einer Viertelstunde drang das Geräusch gedämpften Platschens an sein Ohr.

»Ich habe mich geirrt«, korrigierte sich der Baron gedanklich. »Nichts wie hinunter!«

Er warf seine zwei Koffer in die schmale Öffnung und steckte, ehe er sich auf den Weg in die Tiefe machte, eine Zündschnur in Brand, die er einige Augenblicke zuvor auf dem Grund der Grabungsstelle verlegt hatte. Rasch verschloß er über seinem Kopf die Schachtöffnung mit dem Stein, und mit ohrenbetäubendem Getöse brachen fünfzehn bis zwanzig Tonnen lockeren Erdreichs auf den Schachtdeckel herunter, in dessen Schutz der Baron schon in die Tiefe vorzudringen begann.

Der Baron hatte sich an seinen Gürtel eine starke Holzgaslampe geschnallt, die bei ihrem geringen Gewicht – sie wog nicht mehr als siebzehn Kilo – eine Rauchentwicklung zuwege brachte, die geeignet war, einen Konvoi von elf Frachtschiffen der Sicht eines blinden und ungeübten U-Boot-Beobachtungspostens zu entziehen. Der Baron schnallte sie sich denn auch bald wieder ab und schleuderte sie in die Luft, von wo sie ihm wenige Augenblicke später wieder auf den Kopf fiel.

In weniger als einer Stunde befand sich der Baron am anderen Ende der Trittleiter, an den Händen über dem Abgrund hängend. Ohne zu zögern kletterte er, aus eigener Kraft einen kompletten Aufschwung vollführend, wieder hoch, und schlüpfte mit den Füßen voraus in einen engen Stollen, der zwei Meter unterhalb der letzten Leitersprosse mündete.

Ein befriedigtes Gekicher ausstoßend, landete er auf den Füßen, stürzte sogleich vorwärts und schlug heftig mit dem Schädel gegen eine Trennwand aus Vollziegeln, da der Stollen jählings eine rechtwinklige Krümmung nahm.

Der Baron rieb sich seine Beule mit einem in Sloan-Balsam getunkten Stück Leinenstoff ein, bestäubte sich die Prellung dann mit Senfmehl und nahm seinen Kriechgang wieder auf. War er doch nicht neunzehn geworden, ohne seine natürlichen Anlagen weiter auszubilden. Deshalb, und auch weil er älter als neunzehn war, konnte er im Dunkeln sehen wie eine Katze in einer Baßgeige, was ihm gestattete, mit großer Geschwindigkeit voranzukommen.

Nach neun Kilometern hielt er inne. Als er seine Hand hinter sich streckte, um das Terrain zu erkunden, traf diese auf einen hölzernen Gegenstand, den er alsobald als eine aus dem harzigen Holz des Mata-Hari gefertigte Fackel erkannte. Er steckte sie mit Hilfe seines Konsulsfeuerzeugs in Brand und nahm seinen Weg wieder auf; lebhaft flackernder Lichtschein ging ihm voraus.

»Bald bin ich da …«, murmelte er, denn ein siebter Sinn kündigte ihm das nahe Ziel an.

Hier brach das Manuskript ab. Der unleserliche Schluß, von roten Flecken bedeckt, die von den vier Komplizen unschwer als Wanzenpisse identifiziert wurden, ließ lediglich ein paar abgehackte Satzfetzen erkennen ... und ein paar Zentimeter vor dem unteren Ende der letzten Seite las Antioche zusammenzuckend: ... *das Eumel als ... rlobungsgeschen... an die... élaïde de Beaumashin... Verlobung gelöst... durchgebrannt mit... infamen Rivalen... Rache geschwo... Sohn wird seinen Vater rä* ....

Schweigen trat ein. Adelphin war bleich, noch weißer als seine Mütze, deren Zipfelschwänzchen sich zur Seite neigte, wie um seine Richter um Verzeihung anzuflehen.

»Die Sache ist klar!« sagte der Major. »Sie, Adelphin, tragen doch den Namen Ihrer Mutter?«

»Ja«, sagte Adelphin, »mein Vater, dieser Held mit dem schweineschmalzigen Lächeln, hat sie mit siebenundsechzig Jahren sitzen lassen ...«

»Er?«

»Nein, sie! ...«

»Das ist einigermaßen einzusehen«, sagte der Major, »vor allem wenn sie Ihnen ähnlich gesehen hat. Ihre Mutter hat Ihnen also auch nach ihrem Ableben das Eumel vermacht?«

»Ja ...«, murmelte Adelphin.

»Und Sie sind nie darauf gekommen, sie nach seiner Herkunft zu fragen?«

»Ich habe ja alles gewußt!« sagte Adelphin, dessen aufgerissene Augen schwindelerregend in den Augenhöhlen rotierten und dabei das gleiche Geräusch wie ein rotierender Teller erzeugten.

»Und Sie wußten auch, daß Antioche Tambrétambre der Sohn des Baron Visi war? Des früheren Verlobten Ihrer Mutter?«

»Nein!« brüllte Adelphin. »Das kann ich beschwören! Sonst hätte ich ihn augenblicklich umgelegt! ...«
»Warum hat Ihre Mutter das Eumel nicht an den Baron Visi zurückgegeben?« fuhr der Major fort, der das Gebrüll Adelphins zu überhören schien, indes seine Hand sich in die rechte Jackettasche schob.
»Weil es ein schönes Eumel war, und weil sie es lieber selbst behalten wollte«, kicherte Adelphin. »Sie hat sogar versucht, den Baron zu vergiften ... ich übrigens auch, als ich etwas größer war ... mit sechs Jahren ... ich wollte ihm zyankaligefüllte Bonbons zu essen geben.«
»Sie haben ihn also gesehen?«
»Ich wußte, wo er zu finden war ...«, murmelte Adelphin. »Eine Suchanzeige im *Ami du Peuple* genügte.«
»Ich verstehe«, sagte Antioche, »er hat die Spur meines unglücklichen Vaters verloren, seit der *Ami du Peuple* sein Erscheinen eingestellt hat.«
In diesem Augenblick schoß eine Kugel aus den Tiefen des Fauteuils hervor, wo der Major seit einigen Minuten eingenickt zu sein schien. Sie trat durch Adelphins linkes Auge ein und kam in der seitlichen Nische der Keilbeinhöhle zu liegen, wobei die Kroko-Arytenoiden komplett paralysiert wurden, und der Graf de Beaumashin das Sprechvermögen einbüßte. Da er ohnehin tot war, hatte das keinerlei Bedeutung.
»Gerechtigkeit ist geübt worden!« sagte Sérafinio.
»Eine solche Kanaille«, schloß der Major, »hat es nicht verdient, weiterzuleben. Doch jetzt, Antioche, gilt es, deinen Vater zu finden.
»Übrigens«, sagte Sérafinio, »können Sie mir vielleicht sagen, wer die von Pyssnelck war?«
Eine Verflossene vom Baron, natürlich«, sagte der Major.
»Und«, forschte Sérafinio weiter, »der Rhizostomus?«
»Von Borneo mitgebracht«, murmelte Antioche, »in einem Eisbeutel. War noch ganz klein damals. Drolliges Tierchen. Dachte, es wär schon längst eingegangen. Hat ein verdammt

zähes Leben, so ein Rhizostomus. Aber was zum Teufel hatte mein Vater in der Region Bayonne zu suchen?«
»Wie bitte?« fragte Sérafinio, der schon immer schwer von Begriff gewesen war, »du meinst also den Alten, den Salto-mortale-Springer?«
»Das ist der Baron Visi!« schloß der Major. »Und jetzt machen wir uns auf die Suche nach ihm.«
Sérafinio jedoch zog die Stirn in besorgte Falten.
»Juckt Ihnen der Sack?« fragte Antioche höflich.
»Nein«, sagte Alvaraide, »aber ich muß Ihnen sagen, daß meine Mutter Katrina Van den Bouic hieß ... sie war seine Schwester ...«.
»Der Sohn der Schwester des Widersachers meines Vaters!« schrie Antioche auf. »Ich bring ihn auf der Stelle um!«
»Ohhh!« seufzte Sérafinio. »Von wegen Widersacher ... er hat ihm nie etwas getan ... das in dem putzigen Fluchzeug war also er ... mein armes Nonkelchen ...«
Der Schrecken machte ihn schwachsinnig.
Die unschuldigen Augen von Antioche Tambrétambre sandten nun einen grünlichen Schimmer aus, und die Dämonen balgten sich unter seiner Schädelkappe. Er ließ seine Hände mit gekrümmten Fingern vorschießen und packte Sérafinio Alvaraide an der Gurgel. Dann stippte er ihm seinen linken Zeigefinger ins Auge, und dieser Zeigefinger – o Schreck! – kam zur anderen Augenhöhle wieder heraus. Den Unglücklichen solcherart an der Nasenwurzel haltend, zerfetzte er ihm mit der rechten Hand den Bauch und die Oberschenkel mit mächtigen Krallenschlägen.
Schließlich riß er mit einem einzigen Ruck Alvaraides ganze Männlichkeit aus, stopfte sie diesem in den Mund und warf den leblosen Körper weit von sich.
Die eigene Pfeife rauchend, blieb der Körper liegen. Das Geheul des Gemarterten hallte noch im Schädel des Majors nach, der säuberlich in eine japanische Porzellanvase kotzte.

»Reiß dich zusammen«, sagte Antioche, »er war eben ein Lump!«
»Ich weiß«, erwiderte der Major, »aber ich habe eben an die Aperitifs bei diesem Schlappschwanz von Adelphin denken müssen.«
»Jetzt aber«, sagte Antioche, »heißt es Papa wiederfinden!«

Auf der Suche nach dem verlorenen Baron

Die beiden Freunde wuschen sich die Hände in einer Kanne aus geschliffenem Karamel, die auf einer hellrot bemalten Empire-Anrichte thronte, und trockneten sich dann an Alvaraides Hemd ab, dessen Fetzen in alle Ecken des Raumes verstreut umherlagen. Darauf nahmen sie jeder eine Leiche und gingen nach der Küche, die mit einem hochgezüchteten elektrischen Fleischwolf ausgestattet war. Nachdem die Körper zu kleinen Schnipseln zerhäckselt waren, wurden sie ins Klobecken geworfen und die Wasserspülung betätigt.
Diese Praktik war üblich und dem veralteten Verfahren mit Kalkgrube und Heizungskessel haushoch überlegen. Die Kloschale hatte eine Gucköffnung aus Sicherheitsglas, durch die man überprüfen konnte, ob das Fleisch auch ordnungsgemäß hinunterwanderte.
Nach Verrichtung dieser guten Sache stiegen der Major und Antioche wieder in den Keller hinunter.

Siehe vorige Kapitelüberschrift

Oder besser gesagt: sie hatten die Absicht, in den Keller hinunterzusteigen. Denn das Blut des Rhizostomus hatte den Ort mittlerweile mit seiner flüssigen, etwas klumpenden und fürchterlich stinkenden Masse angefüllt. Der trostlose Anblick der halb in diesen schwärzlichen Saft eingetauchten Jakonettbespannung wirkte nachhaltig auf die Sinne des Majors ein, der eine empfindsame Seele unter einer metallischen Außenhaut verbarg. Er wich zurück, taumelte, doch Antioche konnte ihn gerade noch an einem Arm erwischen. Da der Arm standhielt, konnte die Katastrophe abgewendet werden. In Rhizostomusblut nämlich konnte der Major nicht schwimmen.

»Laß uns wieder nach oben gehen«, schlug Antioche vor, »wir holen eine Pumpe und pumpen den Keller leer, holen einen Maurer, damit er die Wände wieder aufmauert, und dann holen wir noch ein Motorboot, um Papa zu suchen…«

»Wenn wir schon den Keller auspumpen«, protestierte der Major, »wozu brauchen wir dann ein Motorboot?!«

»Und was machen wir dann, um in den anderen Keller zu kommen?« fragte Antioche. »Du kannst dir wohl vorstellen, daß dort auch Wasser ist, wie sonst hätte der Rhizostomus dort drinnen ohne Wasser überleben können?«

»Die Nichtigkeit deiner Überlegungen ist hinlänglich dadurch erwiesen, daß dieser Rhizodingsbums tot ist«, gab der Major mit bemerkenswerter Bösartigkeit zurück.

Nichtsdestoweniger stieg er wieder nach oben, und beide gingen auf die niedere Tür zu, die sie einige Minuten zuvor mit dem Cadillac durchfahren hatten. Letzterer wartete immer noch im Hausflur.

Das Wetter war prächtig. Es regnete in Strömen in Sceaux, nicht aber in Bayonne, das sich eines milderen Klimas erfreute. Die Klematis akklimatisiert sich ebenso wie die Klementine in diesen tropisch-mediterranen Breiten, unablässig von ozeanischen Luftströmen umfächelt, die von den Kanarischen Inseln einen heimeligwarmen Nestgeruch mitbringen. Die Sonne hieb heftig auf das Steinpflaster des Hafens, das dadurch immer tiefer in den Boden versank... es konnte aber natürlich auch sein, daß bloß die Flut stieg.

Ganz weiße Boote mit ganz braunen Segeln und ganz verknorzten Matrosen schaukelten behend auf dem grünen Wasser, wo japanische Krabben ihren kleinen runden Büchsen, die ihre gewohnte Behausung darstellen (und mit einer roten Etikette versehen sind) entstiegen, um mit den einheimischen Krabben zu schäkern. Es muß schon sehr schönes Wetter sein, damit die japanischen Krabben aus ihren Büchsen kommen, und schon daran kann man ablesen, daß das Wetter wirklich herrlich war.

Am Hafen war wenig Leben, dafür aber beträchtliches Treiben, denn neunzehn Dampfer der Peninsular & Occidental Line Steamship Co., die durch ein Gewitter vom Golf von Gascogne verscheucht worden waren, hatten Zuflucht in den ruhigeren Gewässern des Docks gesucht. Die Passagiere gingen an Land und kehrten, da es keinen Tee gab, unverzüglich wieder an Bord zurück, was eben besagtes Treiben verursachte.

Antioche und der Major, an Menschenaufläufe gewöhnt, teilten die kompakte Masse der Spaziergänger mit großen Ellbogenpüffen auseinander. Sie hatten beschlossen, noch ein wenig zu rasten, bevor sie sich an die Nachforschungen machen würden, und hielten nun nach einem ruhigen Plätzchen Ausschau, nach einer Thebaide, einer Insel des Friedens, wie die Thebaner sagen, die sich hierin auskennen.

Ein wassergrün bemaltes Boot zog ihre Aufmerksamkeit auf sich. Es sah komfortabel aus, und seine Sitzpolstergarnitur aus kuschelflauschigem Baumwollstoff, aus dem das Füllmaterial entfernt worden war, schien um die Gunst zu buh-

len, ihr Sitzfleisch in Empfang nehmen zu dürfen. Eine Kette ging von der Bugspitze aus und war an einem im bröckeligen Granit der Kaimauern eingelassenen Ring befestigt.
Ein alter belgischer Seemann mit struppiger Behaarung, dessen wie in Erz gegossener Oberkörper in einem feinsilberbestickten Kartoffelsack steckte, döste in der Nähe. Ein gewaltiger Fußtritt auf die Oberlippe brachte ihn dazu, sich lächelnd zu erheben.
»Verkaufst du uns dein Boot hier?« sagte der Major.
»Carajo!« grunzte der Belgier, »hasta la vista de mujer con corazón! Muy bien, señor, dos pesetas ...«
Der Major, der belgisch sprach, begriff sofort, daß der Mann lange Zeit in den Vereinigten Staaten gelebt hatte, und antwortete ihm sogleich in derselben Sprache.
Es dauerte gut sechs Minuten, bis der Handel perfekt war, und der Major mußte die ungeheure Summe lockermachen. Da der Geldbeutel Adelphin gehörte, verzog er keine Miene, bis er gesehen hatte, daß er leer war, was sich eben erst etwas später herausstellte.
Auf die Polstersitze des Bootes hingefläzt, wechselten sich Antioche und der Major an der Ruderpinne ab, während eine Brise etwas Hoffnung aufkommen ließ. Aus Sicherheitsgründen waren sie am Ring an der Kaimauer angebunden geblieben.
Gegen sechs Uhr abends ging Antioche an Land, um Vaterkuchen zu holen, der eine gesunde und kräftige Nahrung darstellt, wenn genug davon da ist. Er mußte auch einen kleinen Hilfsmotor von vierzig bis fünfzig PS mitbringen, da der Major eine Flaute befürchtete.
Bei Salomon Kuhn, Shipchandler, fand Antioche, was er suchte. Er kam mit sieben Kilo Vaterkuchen und zwölf Kanistern Benzin wieder zurück.
Salomon persönlich trug ihm den elektrischen Außenbordmotor hinterher, den Antioche zu einem ausgesprochenen Spottpreis erstanden hatte.

Die drei Männer montierten den Apparat auf das Boot, wobei sie Sorge trugen, ihn hoch genug zu befestigen, damit die empfindliche bronzene Schiffsschraube unter keinen Umständen mit Wasser in Berührung kommen konnte, weil sie sonst gerostet wäre. Daraufhin warfen Antioche und der Major, die sich mit einem Augenzwinkern verständigt hatten, Salomon in den Hafenschlamm, denn sie wollten sich für die Beleidigungen rächen, die sich Napoleon während seines Exils im Turm von Nesle von seiten der Engländer hat gefallen lassen müssen. Der Wasserstand war niedrig, und sie ließen ihn im Schlamm zappeln, denn man hätte einen Flaschenzug herunterlassen müssen, um ihn da herauszuziehen; und wäre dieser Flaschenzug tatsächlich heruntergekommen, hätte das auch nicht allzuviel genützt, denn auch eine Flasche läßt sich nur ungern von einem heruntergekommenen Flaschenzug aufziehen.
Als er es endlich geschafft hatte, aus dem Wasser zu krabbeln, schleuderten Antioche und der Major ihm üble Schmähungen nach und brachten ihm den Grund ihrer Handlungsweise zur Kenntnis.
»Aber ich bin doch kein Engländer! ...« jammerte der andere, wobei er aus seiner rechten Tasche eine Handvoll jener zweischaligen Weichtiere zog, die man gemeinhin Boxermuscheln nennt.
»Und wie kommen Sie dann dazu«, fragte der Major und steckte sich mit naiver Miene den Finger in die Nase, »sich Shipchandler zu nennen?«
»Aber das steht ja gar nicht an meinem Laden!« sagte der unglückliche Kohn. »Da heißt es doch: Schiffsbedarf.«
»Dann soll es wohl ein Zufall gewesen sein, daß ausgerechnet heute ein Tag ist, an dem neunzehn Steamers – schon wieder so ein englisches Wort! – von der P.&O. im Hafen liegen?! Und wohl auch ein Zufall, daß es an genau demselben Tag heißt: Schiffsbedarf!? Wohl für englische Schiffe? Oder? ... Schweinehund! ... Verräter! ...«

»Sind Sie Bonapartist?« fragte Salomon mit lebhaftem Interesse.
»Wie kommen Sie darauf? Ich hab kein Wort von Bonaparte gesagt. Und außerdem langweile ich Sie!« schloß der Major mit einem wilden Hohngelächter, das eine Gewohnheit bei ihm war.
Salomon drang nicht weiter in ihn, dankte überschwenglich und trollte sich wieder in seinen Laden zurück. Antioche und sein Spießgeselle räumten alles wieder auf und schliefen dann, ohne noch länger zu warten, unter den Ruderbänken des Bootes ein, nachdem sie es mit dem geflickten Segel zugedeckt hatten, um Neugierige fernzuhalten, die es durchaus für ein simples Campingzelt hätten halten können.

Bummelei

Im Morgengrauen des darauffolgenden Tages wurde der Major durch den schrillen Gesang der Lattenroste geweckt, die, in der Brise schreiend, mit ausgebreiteten Schwingen die Korken beobachteten, wie sie lustig auf der geriffelten Wasseroberfläche des Hafenbeckens tanzten. Von Zeit zu Zeit sah man einen Lattenrost wie einen Pfeil ins Wasser tauchen und gleich darauf wieder hochflattern, im Schnabel einen unglückseligen Korken, der allerdings schon tot war, so sehr hatte ihn der Kontakt mit der frischen Seeluft angegriffen. Der Major zerrte Antioche an den Füßen und warf ihn ins Wasser, um ihn besser wachzukriegen. Dann entzündete er im Bauch des Bootes ein kleines Feuer, damit sein Freund sich daran trocknen konnte, wenn er erst wieder an Bord sein würde, was auch nicht allzu lange auf sich warten ließ, zumal Antioches spezifisches Gewicht geringer als 1 war.

»Was gibt's heut zum Frühstück?« fragte Antioche trocken.
»Diesen großen Lattenrost«, gab der Major zur Antwort, indem er mit einem Revolverschuß ein überaus fettes Exemplar dieser Gattung herunterholte, das knapp sechzig Meter über ihren Köpfen dahinsegelte.
Der Vogel fiel, mit dem Schnabel voraus, ins Boot und auf eine kleine Holzstange, die der Major in einem Anfall von Übereifrigkeit vorher angespitzt hatte, und die zweifellos noch vom vorigen Bootsbesitzer aufgelesen worden war. Der Kopf des Lattenrosts ist viel schwerer als ein Bürzel, in dem sich nur etwas Wind befindet, und just diese Besonderheit hatte der Major zu seinem Vorteil genutzt, da er ein intimer Kenner der Gewohnheiten von Säugetieren war.
Der Spieß wurde über das Feuer gelegt, das der Major mit Hilfe einer Zuflußrinne, die er am Benzinkanister angeschlossen hatte, in Gang hielt. Aus Sicherheitsgründen befand jener sich weit genug von der Feuerstelle entfernt.
Nach drei Stunden flog das Tier gargebraten davon, und der Major mußte mit den Schalentieren vorliebnehmen, mit welchen der Bootskörper zum Glück in ausreichender Menge garniert war. Antioche holte den Vaterkuchen hervor und verleibte sich vier ordentliche Schnitten davon ein, was zur Folge hatte, daß ihm viehisch schlecht wurde.
Nach beendigtem Mahl machten die beiden die Kette, die das Boot an die Kaimauer fesselte, vom Ring los, lockerten die Taue und hopp! wurde gedreht, der Anker gelichtet, und alsbald zeigte das Log gute Fahrt an. An diesem Morgen blies eine Brise aus nordost-südwestlicher Richtung, was sich als wenig zweckdienlich erwies. Daher richtete der Major die Schraube des Außenbordmotors auf das Segel, um so für Windersatz zu sorgen. Dann faßte er mit bloßen Händen beide Pole des Elektromotors, und Antioche fing an, ihm heftig auf die Ellbogenknochen zu schlagen. Der dabei entstehende Strom ließ den Motor blitzartig anspringen. Es war das oberste Gebot, sparsam mit dem Treibstoff umzugehen,

der mit seinem Gewicht als Ballast dafür sorgte, daß das Boot nicht kenterte.
Nach ein paar Stunden waren der Major und Antioche zweihundert Meter vom Ufer entfernt und genossen eine schöne Aussicht auf die Stadt und die Eisenbahnbrücke, ein Prunkstück feinster Goldschmiedekunst. Dann drehten sie bei und landeten fünf Minuten später in einer kleinen sandigen Bucht, um die sich ein Korallenriff wie eine schützende Barriere legte. Bevor sie anlegten, sondierten sie die Wassertiefe mit Rudern und erlangten, nachdem sie deren zwei abgebrochen hatten, die Gewißheit, daß sie festen Grund unter den Füßen hatten. Der Major stieg also aus und wäre beinah jämmerlich ertrunken, da er unglücklicherweise in einen Unterwassergraben gefallen war, der sich über die gesamte Strandbreite hinzog.
Schließlich hatten sie das Landemanöver zum Abschluß gebracht. Die beiden Freunde entkleideten sich nun bis auf die grünseidenen Slips und die Sonnenbrillen. Die Sonne brannte heftig, und man versprach sich, an ihrem Feuer tüchtig geröstet zu werden. Der Major brach zu einem Erkundungsgang auf, von dem er nach zwei Stunden immer noch nicht zurück war. Es war schon fünf Uhr nachmittags, und Tambrétambre wurde langsam unruhig. Er zog sich wieder an und machte sich auf die Suche nach seinem Freund.

Auf der Suche nach dem verlorenen Major

Der feinsandige Strand stieg zum Landesinneren hin sanft an, doch da die Erde nicht durchsichtig ist, wurde man sich dessen nur recht verschwommen bewußt. Dann plötzlich eine wildzerklüftete, mit scharfen und spitzen Zacken gezähnte Felsküste, ein erkerartiger Vorsprung, eine echte Pechnase, mit Seevogelmist überkleckert und von Gischt überschäumt, in der da und dort Spuren von Walfischsperma zu finden waren, ein Anzeichen für die unheimlichen Kämpfe, die sich die Pottwale des Abends in der Bucht lieferten. Etwas Strandgut, darunter ein schon abgefärbter, noch vom Untergang der Pinostroff aus Odessa herstammender Samowar, sowie Ziegelsteine, die zu nicht mehr faßbarem Staub zerrieben und derart innig mit dem Sand vermengt waren, daß man ihre Anwesenheit nicht vermutet hätte. Antioches Tritte bildeten im lockeren Boden kleine symmetrische Vertiefungen. Er steuerte auf die Felsküste zu. Fast im selben Augenblick entdeckte er die Grotte und betrat sie ohne zu zögern.

Die Fährte des Barons und die des Majors treffen aufeinander

Nachdem er tappend drei Kilometer hinter sich gebracht hatte, machte Antioche halt und setzte sich auf einen glatten Schieferblock, der sich in Reichweite befand. Er wollte die Lage etwas überdenken.

Er zog sein Feuerzeug heraus, entzündete es, indem er es kräftig an einem Feuerstein rieb, und erkannte schließlich beim qualmenden Glimmen des Zunders die Örtlichkeit.

Er befand sich genau vor dem Eingang zu einer weitläufigen unterirdischen Kaverne, in der sein Atmen undeutliche Echos auslöste. Der Boden war mit Stalagmiten bedeckt, die so eng standen wie die Haare eines dichten Wollteppichs und unter den Füßen ein höchst eigenartiges Gefühl ergaben, so als ob man über den Stoppelbart eines Bewohners der Region Landes ginge, der sich zwei Tage lang nicht rasiert hat. Das Gewölbe war eine Mischung aus dem klassischen Kavernenstil und dem neopaläolithischen, kreiert von Duzob, dem berühmten und zu seiner Zeit leider unverstandenen Troglodyten, dessen äußerst dekorativen Werke die Höhlenwände der Cro-Magnon-Zeit verschönten. Auch der Name Duzob sagt uns heute nichts mehr, und das ist ein Glück, denn er ist kaum geeignet, von unschuldigen Wesen, wie zum Beispiel Künstlerinnen, in den Mund genommen zu werden.

Zu Füßen von Antioche funkelte ein schwarzer See, dessen stehendes Gewässer wie eine träge Tinte gottweiß welche Schrecknisse zu verbergen schien.

Die Luft roch nach Moschus und indischen Huren. Da fiel Antioches Blick auf einen Baumstamm, der vergessen in einem dunklen Winkel lag. Er warf ihn ins Wasser des Sees und schwang sich rittlings darauf. Indem er sich seiner Hände als Paddel bediente, kam er schnell voran. Das Wasser unter seinen Fingern war warm wie der Busen einer Toten und leichtflüssig wie Äther. Sein Herz pochte ihm mit großen

Schlägen in der unverwundbaren Brust, und ein Kriegsgesang entwich seinen Nüstern, während er mit geschlossenem Mund summte.*

Der See dehnte sich, so weit das Auge reichte. Tatsächlich reichte Antioches Auge kaum mehr als einen Meter, denn die Dunkelheit war erheblich und sein Feuerzeug erloschen.

Plötzlich stieß die Spitze des Baumstamms gegen etwas im Wasser Treibendes. Antioche hielt sofort an und hörte, wie eine Stimme, und zwar die des Majors, ein paar unverständliche Worte hauchte. Er stellte sein Singen ein, worauf er den Sinn der Worte des Majors begriff...

»Vorsicht!... da ist jemand!...«

Antioche streckte den Arm aus, tastete ein paar Augenblicke um sich und erwischte den Major an den Haaren, die ihm immer noch am Schädel festgewachsen waren. Er half seinem Freund auf den Baumstamm und reichte ihm ein Taschentuch, damit er sich abtrocknen konnte. Doch dieses ungewöhnliche Wasser war schlagartig getrocknet.

»Bist du bis hierher geschwommen?« fragte Antioche im Flüsterton.

»Ja!« flüsterte der Major zurück. »Und deinen Vater habe ich auch gesehen...«

»Wirklich?...« schrie Antioche gedämpft.

»Diese Grotte steht mit meinem Keller in Verbindung. Verrückt, was?«

Schon konnte man den starken Geruch von Rhizostomusblut erkennen.

* Hier der Text: Ah!
Ah!
Ah! Ah! Ah!
Ah!
Ah!
Ah! Ah! Ah!
Ah!
Ah!
Oh!

»Die beiden Flüssigkeiten vermischen sich nicht«, sagte der Major. »Aber ich bring's einfach nicht über mich, im Blut dieses Rhizo ... zu schwimmen ... Deshalb hab ich auf dich gewartet ...«
»Laß uns Papa suchen!« schloß Antioche.

Dunoeud kommt zurück

Nun waren es zwei Paar Hände, die den improvisierten Kahn vorantrieben. Nach und nach bemerkten der Major und Antioche, daß sich die Flüssigkeit verdickte und ihnen klebrige Blutklümpchen durch die Finger rieselten. Der Rhizostomus war fürwahr ein großes Exemplar seiner Gattung. War ... das heißt: war gewesen.
Der Major schilderte Antioche, wie ihm beim Schwimmen in den dunklen Wassern des Sees von weitem das kleine Boot des Barons aufgefallen war, den er an seinem Wolgaschiffergesang wiedererkannt hatte. Im Scheine seiner Laterne vollführte der Baron alle elf Meter einen Salto Mortale.
»Das scheint ein Wesenszug von ihm zu sein«, sagte der Major.
»Armer Paps!« seufzte Antioche. »Der Tod von Jules hat ihn um den Verstand gebracht.«
Sie ruderten noch eine Weile, bis die Spitze des Baumstamms gegen eine Bruchsteinmauer prallte, wie Antioche gleich erkannt hatte, als er mit seiner Hand im Dunkeln darüberstrich.
»Wir sind gleich da!« flüsterte der Major. »Mach dein Feuerzeug an!«
Eine riesige Toröffnung wurde sichtbar. Sie maß gut elf Meter in der Breite bei einer Höhe von zwei Metern. Sie war aus

sterilisiertem Bardamu-Holz, mit Blei beschlagen und gelb gestrichen. Sie war nicht durch Drehung in den Angeln zu öffnen, sondern brach urplötzlich aus ihren Halterungen, sowie man auf eine bestimmte Art auf die Zarge klopfte, wie der Major auch bald herausgefunden hatte.

Nachdem das Hindernis überwunden war, befanden sie sich im Keller neben dem des Majors, wo der Kadaver des Rhizostomus lag. Das arme Tier lag auf seiner rechten Körperseite und bot einen beklagenswerten Anblick: seinem durch die Handgranate des Majors zerfetzten Schwanz entströmte immer noch ein dünnes Rinnsal, daß sich beim Schein von Antioches Feuerzeug langsam dunkelgrün verfärbte. Die Augen halb geschlossen, die langen weißen Wimpern über die Wangen gesenkt, die Schnauze hochgereckt, wie um ein letztes Maulvoll Badener Wasser zu trinken, hob der Rhizostomus die Pfoten mit flehender Geste gen Himmel, seine hundertvierzehn Rippen zeichneten sich unter seiner genarbten Lederhaut durch wie bei einem Carbonaro, und die Würmer begannen ihm schon aus den Mundwinkeln zu wimmeln.

Der Major und Antioche wandten den Blick von diesem grausigen Spektakel ab und gelangten bis zur Mauerbresche, aus welcher der Baron Visi das erste Mal aufgetaucht war. Sie überkletterten die Mauer, die an dieser Stelle nur elf Zentimeter hoch war, wobei sie den Kadaver von Jules zu Hilfe nahmen, und befanden sich auf dem Schutthaufen, der unter schon bekannten Umständen aufgeschüttet worden war. Ein zusätzlicher Klimmzug ermöglichte ihnen den Zugang zu jenem Flur, wo der dahindösende Cadillac noch immer ihrer Rückkehr harrte.

Sie umgingen das zackig ausgebrochene Loch, dem sie gerade entstiegen waren und kletterten auf leisen Sohlen die Treppe hoch. Sie hatten den Treppenabsatz kaum erreicht, als ein Fischernetz über sie herabfiel und ihnen jegliche Bewegungsfreiheit nahm. Ein gut gezielter Knüppelschlag beförderte sie einen nach dem anderen auf den Teppich, wo sie den Motten beim Eierausbrüten zuhören konnten, und so dämmerten sie in der finstersten Bewußtlosigkeit dahin.

Ohne Titel

Der Major, dessen durch äußere Witterungseinwirkung und innere Maßlosigkeitsauswirkung braungegerbter Körper solide war wie ein alter Ford, kam als erster wieder zur Besinnung und stellte fest, daß er kein Glied rühren konnte. Dies nutzte er aus, um aus Leibeskräften zu schimpfen und weckte dadurch Antioche aus seinem Tiefschlaf. Antioche war ebenso wie der Major mittels Pianosaiten aus Japanbast gefesselt. Sie nahmen die Gelegenheit wahr, einige geistreiche Aphorismen über die Frauen und die Liebe auszutauschen.

»Die Liebe«, meinte Antioche, »ist schon etwas Seltsames…«

»Ja«, sagte der Major, «da hast du schon recht. Darüber habe ich noch nie nachgedacht.«

»Die Frauen«, sagte Antioche, »sind wie die Katzen.«

»Ja«, sagte der Major, »die schreien auch beim Vögeln.«

»Nein«, sagte Antioche, »so habe ich das nicht gemeint. Ich wollte vielmehr sagen, daß sie sich an ihrer Oberfläche zart und kuschlig anfühlen…«

»Genausogut könnte man dann ja sagen, daß sie außen ein Fell haben«, stimmte der Major bei.

»Ganz recht«, antwortete Antioche, erfreut, die schnelle Aufnahme seiner Theorien feststellen zu können.

Diese interessante Unterhaltung wurde jedoch jählings durch das Erscheinen einer heiteren Gestalt unterbrochen, in der die beiden Freunde Dunoeud erkannten. In der Hand hielt er ein langes Seil, das auf dem Boden nachschleifte und dessen Ende im Türspalt verschwand.

»Tralala!« trällerte er vor sich hin, und ein Anflug von Wahnsinn flackerte in seinen mit Antitollwutserum aus dem Institut Pasteur behandelten Augen. »Kennen Sie den Baron Visi?«
Er zerrte brutal am Seil, und ein Greis erschien, auf antike Manier in ein Peplum gehüllt.
»Papa!« schrie Antioche händeringend, was angesichts der Fesseln ein schwieriges Unterfangen war.
»Jawohl!« brüllte Dunoeud. »Er wollte mir nicht verraten, wo das Eumel ist! Das echte ...! Drum werde ich ihn jetzt vor euren Augen foltern ... oder er willigt ein, es mir zu geben ...«
»Elender Wicht!« schnaubte der Major. »Daß sich deine Eingeweide elfmal verknoten und die Schakale dein faules Aas fressen! Einen Dreck kriegst du! Laß diesen armen alten Mann in Ruhe!«
Der Baron Visi kratzte sich mit abwesender Miene den Bart und schien der Situation gänzlich fremd.
»Klar«, willigte Dunoeud ein, »ihn laß ich schon in Ruhe. Aber dafür werde ich euch foltern ...«
Er band das Seil, das den Baron festhielt, am Drehriegel des Fensters fest, wobei er dem wertvollen Abfall nicht mehr als fünfzig Zentimeter Spielraum gewährte. Der Baron sah zu Antioche hinüber, und große Tränen kollerten aus seinen tiefliegenden Augen.
Dunoeud verließ den Raum, man hörte, wie sich seine Schritte zum Ende des Flurs hin entfernten.
»Er geht in die Werkstatt!« wisperte der Major. »Ich hab mir schon immer gedacht, daß eine Handbohrmaschine ein recht brauchbares Folterinstrument abgeben könnte. Hoffentlich probiert er es zuerst an dir aus«, schloß er mit einem unbändigen Lachen.
»Ich auch«, sagte Antioche, der ein weites Herz hatte.
Der Major brach angesichts solcher Selbstverleugnung in heiße Tränen aus, und Antioche, davon angesteckt, besprengte

gewissenhaft den Boden mit dem Produkt seiner Schluchzer.
Der Baron wurde nun an seinem Seilende unruhig und stieß herzzerreißende Klagelaute aus, als ob er ahnte, was nun kommen würde.
Zudem hatte er – es sei denn, er wäre taub gewesen – sicherlich die unheimlichen Drohungen des tückischen Dunoeud vernommen.
Dunoeud jedoch kam nicht wieder.
Plötzlich hörte man ein furchterregendes Geräusch. Ein Jagdflugzeug schoß todesmutig im Sturzflug auf das Haus des Majors herunter.
In hundert Meter Höhe fing sich das Flugzeug wieder, und mit einem Ruck öffnete sich ein Fallschirm. Wenige Sekunden später hatte der Fallschirmspringer das Dach erreicht, das er ob der erworbenen bemerkenswerten Geschwindigkeit ohne sonderliche Mühe durchdrang.
Der Major und Antioche waren sich nicht genau bewußt, was da daherkam. Sie horchten ängstlich auf das Geräusch der Schritte über ihren Köpfen, das sich an den Lärm der Blechlawine anschloß, die von der unvermuteten Sturzlandung des Fliegers ausgelöst worden war.
Die Tritte kamen die Treppe vom zweiten Stock herunter... dann entfernten sie sich in Richtung Werkstatt...
Stille sank wieder nieder... zerhackt durch die Schluchzer der drei Männer, die gleichzeitig über ihre wechselseitigen Schicksale weinten...
Dann kam Dunoeud zurück. In seinem mordgierigen Wahnwitz hatte er nichts von alledem bemerkt. In der Hand hielt er einen Hobel, dessen sorgfältig geschärfte Klinge einen guten Zentimeter aus dem Holz ragte.
»Da, was sagst du dazu, mein Major?« schrie er und fuchtelte dem Major damit unter der Nase herum.
»Erstklassiges Eschenholz...«, gab der Major frostig zurück.
»Was hast du dir gedacht, niederträchtiges Arschloch? Daß ich mir vielleicht irgendeinen Schund kaufe?«

Dunoeud war durch die Antwort des Majors wie vom Donner gerührt einen Schritt zurückgewichen... indes der Baron Visi mit meckernder Stimme zu reden anhob.
»Tu ihnen nichts... ich sage dir auch, wo das Eumel ist... in der Zierkugel auf dem Geländer im Treppenhaus.«
In genau diesem Augenblick ertönte eine scharfe Detonation, und Popotepec Atlazotl erschien auf dem Plan, einen rauchenden Colt zwischen den Zähnen. Das Projektil hatte das Apophthegma Dunoeuds durchquert, der jetzt mausetot auf dem Parkett lag... so hatte es zumindest den Anschein. Popotepec beugte sich mit einem Lächeln an die Adresse seiner Freunde über den Körper... In einem letzten Aufflackern von Energie schwang Dunoeud den Hobel über seinem Kopf. Die Klinge fiel herab und drang dem Azteken ins Gehirn, das so umfangreich war, daß es bei diesem sonderbaren Individuum sogar bis an die Schädeldecke reichte.
Dunoeud sank wieder zu Boden, diesmal wirklich tot, während ihm Popotepecs Hirnsubstanz in einem orangeroten Strahl über das Gesicht rann.
»Alle beide tot!« murmelte der Major.
Da entdeckte er, daß die Kugel, der Dunoeud erlegen war, die Schnur durchtrennt hatte, mit denen seine Hände gefesselt waren.
»Der brave Popotepec...«, sagte er, »ohne ihn wären wir geliefert gewesen.«
Er befreite sich sogleich, durchschnitt Antioches Fesseln mit einem Taschenmesser, worauf die beiden eine Viertelstunde lang Gelenkigkeitsübungen machten.
Dann stürzten sie, den Baron Visi vergessend, ins Treppenhaus. Unter der abgeschraubten Kugel kam das kostbare Eumel zum Vorschein... diesmal das echte...
Sich seines Vaters entsinnend, schrak Antioche plötzlich aus der Betrachtung des Eumels hoch und stürmte in den ersten Stock. Als der Major ihn eingeholt hatte, war jener soeben mit dem Erhängen des Barons zu Ende, dessen ausgemergel-

ten Körper er einfach aus dem Fenster gekippt hatte. Das von Anfang an um den Hals des Barons geschlungene Seil war gespannt und von schwachen Zuckungen geschüttelt.
»Auf diese Weise«, sagte Antioche, »bleibt uns das Eumel erhalten ... und wir sind keinem etwas schuldig ...«
Der Cadillac rollte die Küstenstraße entlang ... sowie sie zur Stelle kamen, die den Ozean überragt ... hielt Antioche an ... die Sonne stand hoch ... das Meer schwappte schaumweiß -- - die Lattenroste gluckstén traulich ... der Major öffnete den Wagenschlag und stieg aus ... mit langsamen Schritten näherte er sich der Steilküste, und mit einem Mal warf er das Eumel ... ganz weit hinaus ... und es verschwand mit einem freudigen Pataplumps in den Wellen ... dann stieg der Major wieder in den Wagen ... Antioche ließ die Kupplung kommen, und mit verhaltenem Brummen verschwanden sie hinter der nächsten Kurve. Das Auge Gottes aber sah weiterhin auf sie herab ...

Paris,
Mai 1943

Zu dieser Ausgabe »Aufruhr in den Andennen« (Trouble dans les Andains) ist der erste Roman von Boris Vian, den er im Winter 1942/43 schrieb. Spätestens im Mai 1943 lag ein vollständiges maschinenschriftliches Manuskript vor. Der Titel ist, wie oft bei Vian, rätselhaft und er steht in keinerlei Beziehung zur Story, deren Inhalt eine bunte Mischung aus Abenteuern und Situationen ist, wie sie in französischen Trivialromanen der Jahrhundertwende oder den Kriminalromanen eines James Hadley Chase geschildert sind. In formaler Hinsicht ist zudem der Einfluß des von Vian hochgeschätzten Romans »Heldentaten und Ansichten des Doktor Faustroll, Pataphysiker« von Alfred Jarry unübersehbar.
Die bloße wörtliche Übersetzung des Titels »Aufruhr in den Heuschwaden«, ergibt nur einen Sinn, der zu eindeutig wäre und der keinen phonetischen Reiz hätte. »Aufruhr in den Andennen« wirkt weniger ausgefallen, ist viel spielerischer und läßt mehrere Interpretationen zu. Die Übersetzung der Namen, bei denen im Französischen meistens mehrere Bedeutungen mitschwingen, kann man hier nicht immer nach einem einheitlichen Prinzip handhaben. In der Regel wird die reizvollere, sprechendere französische Version beibehalten, in Fällen, wo sich eine assoziationsreiche deutsche Version anbietet, ist dieser der Vorzug gegeben.
Baron Visi und Brisavion sind Anagramme von Boris Vian. Antioche Tambrétambre und der Major, unschwer zu erkennen als das Freundespaar Boris Vian und Jacques Loustalot, treten ein weiteres Mal in dem Roman »Drehwurm, Swing und das Plankton« in Erscheinung. Der Major war eine fast legendäre Persönlichkeit in den Kellerlokalen des Quartiers Saint-Germain-des-Prés. Ein Glasauge unterstützte dort sein exzentrisches Aussehen. Sein Geburtsort war Saint-Martin-de-Seignanx in der Nähe von Capbreton, wo die Familie Vian während der Sommermonate lebte. Boris Vian lernte dort 1940 den fünf Jahre jüngeren »Major« kennen. Sie wurden unzertrennliche Freunde. Bei einem seiner verspielten Abenteuer, die immer eine Tendenz zum Selbstmord hatten, stürzte Jacques Loustalot Anfang 1948 auf mysteriöse Weise aus einem Fenster.
»Aufruhr in den Andennen« sollte ursprünglich bei Éditions Toutain herauskommen. Dieser Verlag, der »Das rote Gras« und »Abdeckerei für alle« veröffentlicht hatte, war jedoch bereits vor der Drucklegung eines dritten Buchs von Vian wieder von der Bildfläche verschwunden. Der Übersetzung von W. S. Baur liegt die am 20. Juni 1966 imprimierte Erstausgabe zugrunde, die im Verlag La Jeune Parque erschien.

Klaus Völker

Nachbemerkung des Übersetzers Vians Witz fährt auf dem Vehikel der Sprache; indem er mit ihr spielt, sie gewissermaßen gegen sich selbst ausspielt, entlockt er ihr mehr, als sie von sich aus preisgibt. Diese zusätzliche Information dient nicht der Beförderung der Handlung, noch hindert sie ihren Fortlauf, sondern führt ein kauziges Eigenleben am Rande.
Nichtsdestoweniger hat das Verwirrspiel Methode: Boris Vian schöpft die Komik aus einem Charakteristikum des Französischen, nämlich der großen Diskrepanz zwischen schriftlicher und gesprochener Erscheinungsform, sowie aus dem Umstand, daß Wörter unterschiedlicher Bedeutung und Schreibung bisweilen gleich ausgesprochen werden. Indem er also die Schreibweise eines Wortes doppel- oder mehrsinnig variiert, bedient er die oberflächig-erzählende Bedeutungsebene und verpackt gleichzeitig den verstörenden, erheiternden, entlarvenden Hintersinn in eine andere graphische Darstellungsform, wo er sozusagen unter Deck als blinder Passagier mitreist.
Was sich dem stumm Lesenden oft nicht erhellt, teilt sich dem laut Lesenden und sich dabei Zuhörenden auf dem Wege klanglicher Assoziation mit. So verbirgt sich hinter Isaac Laquedems Berufsbezeichnung, die *Antique Hère* geschrieben und wie *antiquaire,* Antiquitätenhändler, gelesen wird, einerseits ein alter Hirsch, andererseits ein armer Teufel (Seite 39).
Vorzugsweise verwendet Vian bizarr klingende Fachbezeichnungen aus dem Bereich der Technik, der Naturwissenschaften, vornehmlich aber aus Botanik und Zoologie. In ihr wissenschaftliches Mäntelchen gehüllt, lassen sich diese Wörter meist nicht auf den ersten Blick anmerken, daß sie zum Teil nur an tatsächlich existierende Fachtermini angelehnte Wortgebilde oder schlichtweg Ausgeburten dichterischer Phantasie sind. Um die Verwirrung perfekt zu machen, streut Boris Vian gelegentlich echte Fachwörter ein. Durch den scheinheiligen Gebrauch dieses sich fachmäßig gerierenden Jargons erzielt er beim Leser heitere Verunsicherung und heilsame Erschütterung seines Bildungsdenkens und schleudert fragwürdiger Gelehrsamkeit und wissenschaftlichem Erkenntnisdünkel seinen anarchischen Sprachwitz entgegen.
So wird man die medizinische Fachliteratur vergeblich nach Kroko-Arytenoiden durchstöbern.
Wie der schurkische *Dunoeud* ins *Apophthegma* getroffen zu werden, muß daher für einen Mann vom Schlage eines Boris Vian ein wahrhaft beklemmender Gedanke sein, denn die Zerstörung dieses vitalen Zentrums würde unweigerlich das Versiegen dessen zur Folge haben, was es in Wirklichkeit bedeutet: »zündender Witz«.
Mata Hari ist offenbar das Holz, aus dem Kurtisanen geschnitzt sind, während hinter den blühenden *Beriberi*sträuchern ein tückischer Tropenbazillus lauert. Und die an fabelhafte kosmische Flugwesen gemahnenden *Elytren* und *Alizeen* sind nichts anderes als die Vorderflügel von Insekten bzw. Passatwinde.
Adelphin (=griech. *adelphos,* Bruder) *de Beaumashin* (*beau* plus *machin*) deutet auf die brüderliche Männerfreundschaft mit seinem Alter Ego Sérafi-

nio hin und weist den mit einem verballhornten, an Beaumarchais erinnernden Adelsprädikat versehenen Grafen als Träger eines »hübschen Dingsbums« aus, was immer damit gemeint sein mag.
Der Zuname seines seraphischen Begleiters *Alvaraide* (*raide* = steif) läßt auf den Dauerzustand von Sérafinios nimmermüder Männlichkeit schließen.
Die Baronin *von Pyssnelck* heißt im Original *Pyssenlied* (lies: *pisse en lit,* pißt ins Bett, auch Löwenzahn = Pißblume, daher Pißnelke). Unter der versnobt-germanisierenden Oberfläche wird eine menschliche Schwäche sichtbar, die uns der Baronin näherbringt.
Auch andere Figuren tragen sprechende, ja ausplaudernde Namen. So wird der reiche Finanzmann *Pompasoult* (lies: *pompe à sous*) mit einer Geldpumpe verglichen, während *Monsieur Grinehepédosque,* der Juwelier, den Hang zu krummen Geschäften mit dem zu hübschen Knaben verbindet. Herr *Duzob,* der namhafte Höhlenforscher, ist ein Paradebeispiel für personifizierte, überlebensgroße Organabbildung, wenn man weiß, daß *zob* ein aus dem Arabischen entlehntes Synonym für das männliche Glied ist. Die Unbeliebtheit des Domestiken *Sarkopt* schließlich erklärt sich aus seiner wahren Natur. Sein Name ist Krätzmilbe.

Boris Vian Geboren 1920 in Ville d'Avray. 1939 École Centrale des Arts et Manufactures in Angoulême. 1942 Ingenieursexamen. Begründet eine Amateurjazzband mit Claude Abadie. 1946/47 erscheinen seine ersten Romane, gefördert von Raymond Queneau und Jean-Paul Sartre. Bis 1947 Ingenieur; daneben und in den folgenden Jahren Schriftsteller, Jazztrompeter, Chansonnier, Schauspieler, Übersetzer und Leiter der Jazzplattenabteilung bei Philips. Starb 1959 in Paris.

Werke von Boris Vian
Verzeichnis der Erstausgaben

J'irai cracher sur vos tombes. Roman. Paris, 1946
Vercoquin et le plancton. Roman. Paris, 1946
L'Écume des jours. Roman. Paris, 1947
Les Morts ont tous la même peau. Roman. Suivi de *Les Chiens, le désir et la mort.* Paris, 1947
L'Automne à Pékin. Roman. Paris, 1947
Barnum's Digest. Poèmes. Paris, 1948
Et on tuera tous les affreux. Roman. Paris, 1948
Cantilènes en gelée. Poèmes. Limoges, 1949
Les Fourmis. Nouvelles. Paris, 1949
L'Herbe rouge. Roman. Paris, 1950
L'Équarrissage pour tous. Pièce. Suivi de *Le dernier des métiers.* Paris, 1950
Elles se rendent pas compte. Roman. Paris, 1950
L'Arrache-cœur. Roman. Paris, 1953
En avant la Zizique. Esquisse d'une classification des chansons. Paris, 1958
Fiesta. Opéra en un acte. Livret de Boris Vian; Musique de Darius Milhaud. Paris, 1958
Les Bâtisseurs d'Empire. Pièce. Paris, 1959
Zoneilles (avec Michel Arnaud et Raymond Queneau). Paris, 1961
Je voudrais pas crever. Poèmes. Paris, 1962
Le Goûter des généraux. Pièce. Paris, 1962
Textes et chansons. Paris, 1966
Trouble dans les Andains. Roman. Paris, 1966
Chroniques de Jazz. Paris, 1967
Le Loup-garou. Suivi de douze autres nouvelles. Paris, 1970
Théâtre inédit: Tête de méduse, Série blême, Le Chasseur français. Paris, 1971
Chroniques du Menteur. Paris, 1974
Manuel de Saint-Germain-des-Prés. Texte présenté et établi par Noël Arnaud. Iconographie rassemblée par d'Déé. Chêne. Paris 1974
Le Chevalier de neige. Paris, 1974
Le Dossier de l'affaire »J'irai cracher sur vos tombes«. Paris, 1974
Derrière la zizique. Paris, 1976
Petits Spectacles. Paris, 1977
Cinéma. Science-Fiction. Paris, 1978
Traité de civisme. Paris, 1979
Écrits pornographiques. Paris, 1980
Écrits sur le Jazz. Tome I. Jazz-Hot/Combat. Paris, 1981
Le Ratichon baigneur et autres nouvelles inédites. Paris, 1981
Autres Écrits sur le Jazz. Tome II. Paris, 1982
La Belle Époque (Variétés). Paris, 1982

Opéras. Paris, 1982
Chansons. Paris, 1984
Cents sonnets. Paris, 1984
Rue des ravissantes et dix-huit autres scénarios cinématographiques. Paris, 1989

BORIS VIAN

**Die Ameisen
und andere Erzählungen**

Die provozierendsten Erzählungen, die Vian je geschrieben hat - erstmalig in einer vollständigen Ausgabe.
»Vians Abscheu vor den ›Scheusalen‹ war ebenso glühend wie seine Liebe zu dem, was ihm am Herzen lag.«
Simone de Beauvoir
SALTO. Rotes Leinen, 160 Seiten.

Der Schaum der Tage

Ein Roman, in dem der literarische Witz die Gesellschaft unterhält und untergräbt - der Kultroman über eine seltsame Liebe, voller sprachlicher Erfindungen und phantastischer Gegebenheiten.
»In satirischen Miniaturen und grotesken Fabeln stellt Vian die Welt auf den Kopf. Nichts machte dem spielerischen Talent dieses kühlen Kalkulators seiner Effekte mehr Spaß, als die Denk- und Formuliermaschine, die er im Kopf hatte, mit falschen Daten zu füttern und die Ergebnisse seinen verdutzten Lesern vorzusetzen.«
Rolf Michaelis, DIE ZEIT
Gebunden, 180 Seiten.

Der Deserteur

Dieser Band sammelt Chansons, Satiren und Erzählungen, mit Bildern aus Vians Leben und einer literarisch-biographischen Einführung.
Wagenbachs Taschenbuch 211, 144 Seiten.

Das rote Gras

Die Liebe bleibt, auch wenn ringsum alles verdampft. In diesem Roman erforschen die Männer vergeblich sich selbst, und die Frauen stehen und liegen kopfschüttelnd daneben.

Wagenbachs Taschenbuch 233, 136 Seiten

Ich werde auf eure Gräber spucken

Ein Buchhändler mischt erst eine Kleinstadt auf und macht sich dann an die Mädchen der Oberklasse. Ein vollkommen verrückter Roman aus den alten verfickten Zeiten: Boris Vian in der Verkleidung eines Sex-and-Crime-Schriftstellers!

Wagenbachs Taschenbuch 240, 152 Seiten.

Wir werden alle Fiesen killen

Boris Vian als Krimi-Autor: Vom blutigen Anfänger zum Sex-and-Crime-Profi nimmt Rock Bailey seinen Weg und entlarvt Dr. Schutz, der in geheimen Laboratorien aus den schönsten Frauen und den standhaftesten Männern makellose Klons herstellt und damit schon etliche Fiese gekillt hat.

Wagenbachs Taschenbuch 242, 192 Seiten.

Tote haben alle dieselbe Haut

Eine witzige, böse Travestie auf den amerikanischen Krimi und seine machistischen, großmäuligen, prügelnden, saufenden Weiberhelden – ein Weißer mit rabenschwarzer Seele.

Wagenbachs Taschenbuch 244, 128 Seiten.

Aufruhr in den Andennen
erschien als 4. Band der
Werke in Einzelausgaben

Wagenbachs Taschenbuch 243
Originalausgabe

 Umschlaggestaltung Rainer Groothuis unter Verwendung einer Zeichnung von Jens Bonnke. Gesetzt aus der Borgis Quadriga von der Offizin Götz Gorissen, Berlin. Gedruckt auf chlor- und säurefreiem Papier und gebunden durch Wagner, Nördlingen. Printed in Germany.
 ISBN 3 8031 2243 0